KB231128

마음 다이어트

마음 다이어트

초판 1쇄 인쇄 2012년 10월 30일
초판 1쇄 발행 2012년 11월 06일

지은이   김 승 길
펴낸이   손 형 국
펴낸곳   (주)북랩
출판등록 2004. 12. 1(제2012-000051호)
주소   153-786 서울시 금천구 가산디지털 1로 168,
        우림라이온스밸리 B동 B113, 114호
홈페이지 www.book.co.kr
전화번호 (02)2026-5777
팩스   (02)2026-5747

ISBN 978-89-98268-20-6 03810

마음 다이어트

김승길 지음

book Lab

마음 다이어트 ▶▶▶

왜곡과 오류의 노예

'물은 전자레인지에 끓인 후, 식혀서 화분에 주면 어떻게 될까? 결론적으로 말하면 전자레인지를 통과한 물은 화분의 식물을 열흘도 안 되어 죽게 만든다. 여러분이 커피를 마실 때 매일 물을 전자레인지에 끓인 후 커피를 타 마시면 어떻게 될까? 한 마디로 천천히 죽어간다. 너무도 무서운 일이지만 이는 입증된 사실이다.'

어느 인터넷 블로그에서 퍼온 글이다.

이 글을 읽고서 나는 한참 생각해봤다.

'세상엔 오류나 왜곡이 많은데…'

곧장 실험에 착수했다. 전자레인지에 물을 백도 이상 끓여서 완전히 식힌 다음 선택된 화분에 부어주기 시작했다. 매인 아침저녁 물을 끓여 먹이는 것도 여간 신경 쓰이는 게 아니었다. 밤엔 이슬도 맞지 않게 계단으로 들여놨다가 아침엔 밖으로 내놓기를 매일 실행했다. 비 오는 날은 안으로 들여 놓는 것도 한 번도 어긴 적이 없었다. 혹시나 싶은 마음으로 매일 관찰했다. 사오일이 지나도 주위에 있는 화분과는 아무런 차이가 없었다. 2주일이 지났다. 죽기는커녕 너무 잘 자라서 중간에 상추 잎을 몇 개 따서 쌈을 싸먹기도 했다. 하루 두 차례씩 물주기를 거르지 않아서인지 다른 화분의 상추보다 더 무성했다. 어디선가 씨가 날아와서 싹이 트더니 17일이 지나니 7cm나 자랐다. 잎을 뭉개보니 방아나무다. 우리 집 옥상엔 씨를 뿌리지 않아도 해마다 방아나무가 많이 돋아난다. 그 곁엔 5cm 쯤 되는 정체불명의 이름을 알 수 없는 싹도 자라고 있었다. 3주 만에 실험을 끝냈다.

사람들은 인터넷이나 신문에서 봤거나, 방송프로그램에서 무언가를 발표만 하면 날쌘 경주마처럼 믿음으로 질주해버린다. 매체의 영향에 민감한 현대인들은 왜곡이나 오류에 익숙해져 가고 있는 게 사실이다.

자신의 판단력을 앞세우기보다는 유행, 매체의 영향, 타인 따라 하기에 정신을 잃고 마구 돌아가는 자동기계 같은 현대인들이 아닌가 싶다.

위에 인용한 블로그에서는 전자레인지에 데운 물에 커피를 타 먹으면 서서히 죽어간다고까지 했다. 또한 뇌에 미치는 영향도 엄청난 파괴력이라고 써 놓았다.

나는 왜곡의 노예가 되기 싫어 간혹 실험을 해 보곤 한다. 커피에 관한 연구도 천차만별의 결과를 발표하고 있는 현실이다. 마시면 건강에 좋다는 것과 나쁘다는 연구발표도 사람을 헷갈리게 만든다. 당뇨병에 이롭다는 발표도 있고, 잠이 오지 않는다고도 하고, 잠이 오히려 잘 온다고도 한다.

과학이 발달하는 세상엔 뭘 믿어야할지 참 애매할 때가 너무 많다. 남 따라 하기 바쁜 세상에 어쩌면 나는 없고, 너만 있는 게 아닌가 싶은 생각까지 든다. 내가 생각하고 내가 판단하고 내가 해야 할 일을 찾아야 하는데 남의 것을 따라서 무조건 지향하는 것도 삶의 공해가 아닐까 싶다.

물이 전자레인지에서 끓는 동안에 여러 가지 유기물질이 파괴된다는 건 과학적인 근거가 있다고 믿을 수 있다. 하지만 아무리 모든 영양이 파괴된 물일지라도 땅의 근본이 있다는 생각이 앞서서 실험을 해 본 것이다. 식물은 끓인 물과 흙에 있는 성분과 합성하여 새로운 유기 매개체로 변화된 게 아닐까 싶어서다.

무조건 믿기보다 여러 가지 상황을 합리적으로 판단하는 게 좋을 듯싶다. 사람 입에서 나오는 말을 제대로 믿기 어려운 세상이다. 타인의 말을 100% 믿기보다는 적당히 걸러서 현실에 맞게 합성해서 새롭게 탄생시켜 자기 것으로 만드는 게 왜곡과 오류의 노예에서 벗어나는 일이 아닐까 싶은 생각이 자꾸 든다.

치매 누명

제사를 지내기 위해 시골집에 내려갔다.

"오메오메! 시상에 이럴 수가, 이럴 수가!"

숨이 꼬빡 넘어가는 얼굴로 부엌문을 확 닫으며 뛰쳐나오는 옆집 아주머니 표정이 심상찮다. 한참 동안 말을 잇지 못하는 아주머니의 가슴이 무척이나 벌렁거리는지 쓸어내리고 섰다. 오랜 후에야 정신을 가다듬고 이야기를 시작한다.

"80이 넘은 영감탱이가, 시상에 그 생각이 나는 모양이네잉!"

아주머니가 부엌문을 열고 들어갈 때 80넘은 동네 영감이 안쪽으로 쭈그려 앉아있었다. 거시기를 주물럭거리며 사람이 들어온 줄도 모르고 있더란다. 일시에 술렁거리는 사람들의 분위기를 장악한 아주머니는 입담이 점입가경으로 발전해가고 있다. 결국 치매 걸린 노인이라고 결론내리고 말았다.

나는 아주머니가 잘못 볼 수도 있겠다 싶어 조심스럽게 부엌으로 들어갔다. 영감님이 화장실을 다녀와 뒷물을 하는 중이었다. 건성 눈을 지니고 있는 아주머니에게 다시 설명을 하기에 앞서 나는 일시적으로 충격에 휩싸였다. 노인과 사는 이들은 기능이 떨어져 어눌한 행동이 유발되는 걸 치매라고 속단해버리는 경우가 많을 것 같아서다.

도깨비소동처럼 한바탕 떠드는 걸 들은 후, 난 여러 가지로 생각해보았다. 황당한 일을 목격한 난 마루 가장자리에 앉아 생각에 젖는다. 이른 겨울새벽, 관악산으로 올라가던 때가 떠오른다.

모든 산식구들이 잠에 취해있다. 차분하게 바라보고 있으면 돌이나 바위들이 침묵 속에서 실체의 모습을 슬며시 드러낸다. 찬찬히 보고 있노라면 그들의 말소리가 맘속으로 스며든다. 나무와 돌과 바위의 소리를 듣지 못하는 건 아직 내 마음귓문이 들을 준비가 덜 되어서다. 산식구들은 침묵언어로 많은 말을 건넨다. 사위가 조용한 겨울새벽 등산길에서 산식구들의 침묵언어를 듣는 게 한없이 즐겁다. 마음이 더 차분해지기도 한다.

마음귓문은 침묵에서만 열린다. 마음귓문은 또 마음눈을 뜨게도 해준다. 영혼의 눈도 열어준다. 사색의 눈이 떠지면 산식구들의 침묵언어를 해득할 수 있다.

돌과 나무들이 말할 때까지 나는 마음을 차분히 가라앉히고 기다린다. 그들이 살아가는 이야기를 들을 수 있을 때까지 내 마음은 침잠해진다. 돌의 소리를 듣기 위해 사색의 눈으로 돌을 바라본다. 나무의 소리를 듣기 위해 사색의 귀를 나무줄기에 대 본다. 나무의 숨 쉬는 소리가 전해온다. 내면의 귀와 눈을 열지 못하면 명확히 보고 듣지를 못한다. 사물의 언어를 감지할 수가 없다.

실체를 명확하게 볼 때 내면은 더 깊어진다. 건성으로 보고, 건성으로 판단하고, 건성으로 전파하고, 건성으로 남을 매도하는 일이 너무 많다. 신문과 방송도 부정확한 소식을 많이 전한다. 스마트폰의 트윗에서는 부정확한 소문을 리트윗하며 경쟁적으로 확대 재생산해 내고 있는 세상이다.

꽤 오랜 세월이 흘렀는데도 내 뇌리엔 노망소동이 쉬 사라지질 않는다. 제발 노인들에게 억지 치매를 만들지 말았으면 싶다. 누구나 태어나면 노인으로 급발진하고 있다는 사실을 잊지 말아야한다.

세상이 이렇다보니 젊은이 늙은이 가릴 것 없이 노망이니 치매니 하는 오명을 뒤집어쓰고 살아야하지 않을까 심히 걱정스런 생각마저 든다.

인간의 말을
알아듣는 동물

산에서 놀면서 다람쥐와 친구처럼 지내는 아이가 있었다. 다람쥐와 이야기도 하고 손등이나 어깨에 올라와서 까불까불 춤을 추기도 한다. 아이는 다른 아이들과 노는 것보다 다람쥐와 노는 게 더 즐거웠다.

소년의 어머니가 알 수 없는 병에 걸려 백약이 무효였다. 갖은 약을 다 써도 어머니의 병세는 호전되지 않았다. 어떤 남루한 노인이 그 병에는 다람쥐를 고아먹으면 당장에 낫는다고 일러주고 갔다.

소년의 아버지는 아이에게 다람쥐를 잡을 수 있겠느냐고 물었다. 소년은 길바닥에 있는 돌멩이를 줍는 것보다 더 쉬운 일이라고 자랑했다.

소녀는 어머니 병에 필요한 다람쥐 이야기를 듣고 다음날 뒷산으로 갔다. 소년이 나타나면 부르지 않아도 다람쥐들이 모여들었는데 그날 따라 다람쥐가 하나도 나타나질 않았다. 소년은 다람쥐를 불렀다. 그래도 다람쥐는 오지 않았다. 아무리 불러대도 다람쥐의 흔적도 보이지 않았다. 소년은 많던 다람쥐가 하나도 보이질 않은 게 참 이상하다고 생각하며 돌아섰다.

인간은 말을 하지 않아도 의사전달이 되는 경우도 있긴 하지만 대부분 말로 전달한다. 동물은 사람의 말을 알아듣지를 못하기 때문에 사람의 행동을 먼저 해석한다. 가까이 오면 해칠 거라는 걸 잘 알고 도망가는 것도 행동을 읽었기 때문이다. 인간의 말보다 행동을 먼저 이해한다.

소년의 친구로 지내던 다람쥐들이 언젠가는 소년이 배신할 거라는 것을 넉넉히 짐작했기에 도망 가버린 것이다. 말 이전에 통한다는 건 인간에겐 드문 일이지만 동물세계에선 익숙한 일이 아닌가 싶다. 그래서 인간은 동물 앞에서도 늘 말 한마디와 행동을 근신해야 한다. 동물뿐 아니라 사물 앞에서도 조심해야 하는 경우가 허다하다. 대자연 앞에서도 마찬가지다. 해서, 우리 선조들은 홀로 있을 때에도 몸가짐과 말 한 마디를 근신하라는 뜻으로 신독을 강조했다. 입을 조심하지 않으면 화가 닥친다고도 했다.

우리는 동물들이 인간의 말귀를 못 알아듣는다고만 생각한다. 동물들도 사람이 동물의 말귀를 해득하지 못하니 사람이 말을 할 줄 모른다고 생각할지도 모르겠다.

사람이 사람의 말귀를 알아듣지 못할 때도 많다. 상대의 말은 올바르게 듣지 못하고 자기말만 주장하는 때가 많아서다.

동물과 사람은 각각의 말을 지니고 있지만 서로 통하는 게 서툴다. 다람쥐와 놀던 아이는 다람쥐의 말을 완전히 알아듣지를 못한 것이었다. 다람쥐는 이미 행동을 보고 아이의 말을 완벽하게 알아들었던 것이다.

다람쥐뿐이랴. 모든 동물들은 인간의 말보다 인간의 마음과 행동을 먼저 해석하고 있기에 가까이 하지 않으려고 늘 경계를 하는지도 모른다.

말이 아니면 듣지를 말고, 길이 아니면 가지를 말라는 말처럼 이미 동물들은 말에 달관하고 있는 중인지 모르겠다. 아마 그럴 게다.

비우기와 채우기

장터 입구에 상투를 튼 도인이 앉아서 솥에다 뭔가를 끓이고 있었다. 도인은 이따금씩 합장을 하며 정신집중을 하다가 막대기로 끓는 물을 휘휘 젓다가 물이 펄펄 끓을 때 막대기로 뭔가를 걸어 올려본다. 황금덩어리다. 구경하던 사람들이 감탄한다. 매일 정해진 시간에 똑같은 행동이다. 한 날은 어떤 남자가 용기를 내어 비결을 가르쳐 달라고 졸랐다.

"이거 별거 아닙니다."

"황금을 만드는 게 별거 아니라뇨?"

"누구나 할 수 있어요. 시장 안 어느 가게에나 있는 솥이고 아무데서나 길어온 물이고, 어디나 있는 흙이고, 산에 지천으로 있는 땔감이고 막대기올시다."

비결을 들은 남자는 이젠 부자로 살날만 생각하며 숨 가쁘게 집으로 뛰었다. 집에 온 남자는 서둘러 준비를 하고 나서 도인처럼 결가부좌로 앉아 흙을 끓이기 시작했다. 즐거운 마음에 지루한 줄도 모르고 몇 시간을 막대기로 저어가며 끓였다. 저녁때가 다 되어서 이젠 됐겠지 싶어 막대기로 건져 올렸다. 아무것도 나오질 않고 흙만 묻어나온다. 시간이 덜 됐나 싶어 뒷날도 하루 종일 끓였다. 며칠을 끓이지만 금덩어리가 나오지 않아 도인에게로 달려갔다.

"도사님이 시키는 대로 솥단지를 사고 물을 길어다가 흙도 넣고 막대기로 저으면서 며칠을 끓여도 금덩이가 나오질 않는데 어찌된 겁니까?"

그 남자는 애원조로 물었다.

눈을 지그시 감고 한참 동안 생각에 젖어 있던 도인이 입을 열었다.

"아참! 깜빡 잊었네. 흙을 끓일 때 절대로 금덩이를 생각지 말아야하는데…."

남자는 이번엔 도사가 시키는 대로 하여 꼭 부자가 되리라고 결심하며 돌아왔다.

"한 가지 더 일러 둘 것이 있는데 지금까지 썼던 도구를 죄다 버리시오."

그는 도사가 시키는 대로 과연 성공했을까.

금덩어리를 생각지 않으면서 솥을 장만하고 물을 길어오고 막대기를 준비하고 흙을 파 올 수는 절대로 없으리라.

자기가 행하는 모든 걸 공(空)이나 무(無)에 도달했을 때에만 도를 통할 수 있다. 참기도란 욕심을 앞세우지 않고 무아경지에 도달했을 때만 이루어진다.

사물을 '있는 그대로' 보려면 자기의 선입견, 앎, 지식을 버리고 관조해야 한다. 공의 상태라야만 사물의 실체를 볼 수 있다. '있는 그대로 본다.' 는 의미가 바로 여기에 있는 것이다.

나는 매주 두 번씩 기도를 하러 산을 찾는다. 진정으로 그 순간은 나를 버리려고 애쓴다. 산을 오르는 것보다 나를 버리기가 더 힘이 든다. 내 것이라고 하는 마음을 버리고, 삿된 생각을 버려야하고, 있는 그대로의 내가 되기 위해서, 모든 걸 버리는 마음으로 그냥 산길을 오른다.

진정으로 나를 발견했을 때 기도는 통한다. 기쁨이 우러난다.

애인을 만나러 갈 때 무심하게, 시험을 볼 때 무심하게, 무언가를 갈망할 때 무심으로 기도하는 마음으로 할 수 있다면 좋을 것이다. 무심이란 참마음이다.

내 주위에는 국회의원이 되고 싶어 몇 십 년을 안달하는 이가 있다. 되었을 때 어떻게 하겠다는 집착 때문에 이루지 못하는지도 모르는 일이다. 명문대 무슨 과에 입학하겠다고 생각에 몰두하다 보면 공부가 제대로 되지 않을 수도 있는 법이다.

목표를 이루기 위해서 한 번만 생각하고, 실행하면 이루는데 지장이 덜 될 수도 있겠다. 아니면, 한 번도 생각지 않고 무심으로라면 몰입하기가 더 쉬울 것이다.

무심(無心), 공허(空虛), 모든 걸 그냥 비우는 게 꼭 채우는 일이 아닐지.

비와 돌의 다툼

싸구려 등산화를 신고서 산을 오를 때였다. 비나 눈 오는 날은 무척이나 신경이 곤두선다. 계곡엔 바위와 돌들로 꽉 덮였다. 물 머금은 돌이 씨름하잔 신호도 미처 보내지 않고 순식간에 발걸이로 넘어트려버린다. 일어나 다시 정신을 바짝 차린다. 우산을 다시 다잡아 쓰며 온 신경을 발부리에 집중한다. 비올 땐 가파른 등산길에 정신통일이 필요하다. 붓글을 쓸 때처럼 발부리에만 몰입해야 한다. 물기 묻은 돌이 씨름 한판 더 하자고 덤빌까봐 겁이 난다. 어느 결에 발부리에 온 정신을 집중하고 걷기명상으로 빠져든다.

'지금 내가 넘어진 게 비 때문인가. 아니 나 때문인가. 돌 때문일까.' 중얼거림을 듣고서는 돌이 비 때문이라고 대답해준다. 비가 고개를 설레설레 젓고 나선다. 돌 때문이라고 반론을 제시한다.

"내가 하늘에서 내려오는 건 당연한 일이고, 땅바닥에 돌이 없었다면 넘어지진 않았겠지." 비가 강하게 항변한다.

"너야말로 정말 야비해. 평화로운 땅 위에 이따금씩 엄청난 홍수를 몰고 와선 흙과 우리를 쓸어버리기도 하고, 나무 뿌리마져 뽑아버리는 고약한 녀석!" 야무지게 돌이 험담을 토해낸다.

"아니지, 너는 얌전한 체 가만히 엎드려 있다가 사람을 넘어트려 다리를 툭 분질러 놓기도 하는 인정머리 없는 놈이여! 또 느닷없이 굴러 사람을 다치게 하질 않나. 나무뿌리를 제대로 뻗지도 못하게 가로 막기도 하고 뿌리를 구부러트려 흙 위로 드러나게 심술까지 부려대면서 무슨 소리야."

"뭐! 나무뿌리를 흙 밖으로 노출시킨 게 내 혼자한 일이라고? 네가 더 많이 파 헤쳐 놓고 이제 와선 나한테 둘러씌워. 너는 사람의 옷을 젖게 하고, 물벼락을 주기도 하고, 산천을 파괴하기도 하잖니."

나무와 돌은 서로의 단점만 찾아내려고 열을 올린다. 나는 가만히 듣고만 있을 수가 없어 한 마디 거들면서 조심스럽게 산을 오른다.

"니들 그만 싸우고 내말 좀 들어봐. 서로의 단점 들추는 일 그만하고 지금부터는 상대방 장점을 들추면서 한 번 싸워보지 그래."

비와 돌은 의아한 표정이다. 장점을 들추는 게 무슨 싸움이냐며.

"장점을 찾아 다투는 건 즐거운 싸움이고, 하나의 게임이니 시작해 봐."

어느새 비와 돌은 서로의 장점을 찾아내기 시작한다. 비는 식물도 키우고, 꽃과 열매를 맺게 한다. 생명들에게 영양분을 무상으로 주기도 한다. 가장 낮은 데로만 찾아다니는 겸손함도 있다고 돌이 지적한다.

비가 질세라 돌의 장점을 말한다. 산사태를 방지하고, 등산객들이 눈길에 넘어지지 않게 버텨준다. 계단을 만들어서 사람들이 편리하게 오르게 도와준다. 상하거나 썩지도 않는 근성도 지니고 있다.

서로의 장점 찾아주는 게임을 하니 표정들이 점점 밝아진다. 보고 있는 나도 미소가 저절로 감돈다.

"그래! 자신이 찾아내는 것보다 남이 먼저 찾아주는 것이 참다운 장점이지. 반대로 단점이란 자신이 먼저 발견해내는 것이 좋단다."

어느새 돌과 비는 환한 웃음으로 변해있다. 오늘처럼 비오는 날, 등산객이 하나도 없는 산을 오르며 돌과 비의 대사를 대역하는 것도 참 즐거운 일이다. 자연의 친구들과 대화를 나누기에 더 없이 좋은 날씨다. 심안과 심이(心耳)를 활짝 열고 자연이 속삭이는 소리를 듣는다. 누구에게도 침해당하지 않는 나만의 공간, 지금 이 순간의 희열이 바로 행복이다.

비와 돌과 나와 셋의 대화에 취해 있는 동안 어느새 내 몸뚱이는 정상에 올라와 있다. 주르륵주르륵 더욱 세차게 우산드럼을 쳐댄다. 메탈인가, 헤비메탈인가. 비트박스는 더 속력을 올려댄다. 힙합, 랩이 저절로 흥얼거려진다. 아, 행복한 순간이여!

소리 없는 소리 듣기

투두둑. 타다닥. 자동판매기 문을 열고 캔과 작은 생수병 넣는 소리. 땡그렁, 커피자판기에서 거스름 동전 낙하하는 소리. 툭! 자판기에서 음료수 병 떨어지는 소리.

휴게실에서 커피를 마시며 쉬고 있는 내 옆에선 두 명의 여학생이 쩝쩝쩝. 빵 먹는 소리. 먹으면서도 쉬지 않고 재잘거린다. 입으론 먹고 말을 하고 손으론 입속으로 우겨넣고, 코로는 숨을 쉬고, 무릎에 얹힌 한 쪽 다리는 계속 달달달 자동화된 기계처럼 진동을 멈추지 않는다. 사람은 원래 자동기계란 생각이 든다.

나는 요즘 나의 자동기계를 수동으로 바꾸려고 애쓰는 중이다. 무엇인가를 할 때 찬찬히 관하면 수동처럼 느껴지다가도 깜빡 다른 생각을 하다보면 자동화로 되돌아가버린다. 의식이 무의식으로 전환되어버리면 완전자동이 된다.

내가 왜 이 일을 하고 있는가. 왜 이렇게 해야만 하는가에 집중하는 게 마음챙김이다. 이렇게 하는 게 바로 수동기계다.

곁에 앉은 자동기계의 여학생에게 '지금 뭘 하세요?' 묻는다면 십중팔구 '글쎄요!' 그런 반응이 올 것이다.

나는 지금 수동으로 내 몸을 운전하려고 온 신경을 집중시킨다. 생각하는 것, 글을 읽는 것, 커피를 마시는 일, 음악을 듣는 것, 옆 사람의 이야기에 관심을 보내는 것, 창밖을 내다보는 일 등등을 수동으로 처리하고 있는 중이다.

귀는 옆 사람의 목소리를 들으며, 눈은 창밖의 왕벚나무와 단풍나무를 바라본다. 왕벚나무 잎사귀가 하나씩 투둑투둑 떨어지는 빗방울에 감전된 듯 움칠움칠 놀랜다. 간지러워서 부르르 떠는 것 같은 왕벚나무를 관하다 보니 침묵언어가 들린다.

휴게실에 있는 많은 사람들은 말로 말을 하지만 창밖의 나무들은 침묵으로 내게 말을 걸어온다. 왕벚나무와 단풍나무는 한여름이라는 걸 침묵언어로 알려준다. 가지 하나가 꺾여서 이파리들이 축 쳐져있다. 바람이 해코지를 하고 지나간 모양이다. 단풍나무 잎사귀 사이에 촘촘 매달린 작은 열매들을 자랑하며 여름 내내 너는 뭘 했느냐고 내게 묻는다.

세상에 존재하는 모든 사물은 작으나 크나 심오한 의미를 지니고 있다. 인간들은 좋고 나쁨, 상과 하를 가려서 가치를 매기려고 하는 어리석음을 지니고 있다고 나무들이 내게 말한다. 인간의 시각은 사물 본래의 모습으로 보지 못하는 경우가 많다고 말한다.

나무들의 침묵언어를 듣다가 내 주위를 다시 살펴본다. 유리창, 의자와 사람들 모두모두 나름대로의 아름다움을 지니고 있는 게 보이기 시작한다. 덩달아 내 마음도 아름다워지고 있다. 사물들의 침묵언어를 알아듣는 게 내겐 선(禪)이다. 소리 없는 소리, 말이 없는 말을 알아듣는 게 바로 내가 즐기는 선이다.

말없는 아내의, 아이의 말귀를, 애인의 말을, 말없는 책을, 침묵하고 있는 친구의 묵언을 알아듣는 게 나의 선이다.

스마트폰을 꺼내 유심히 관한다. 침묵하고 있다. 침묵이어서 더 많은 소리가 묻어 있는 게 보인다. 소리가 보인다. 많은 사람들의 목소리가 들어있다. 소리가 들리기 시작한다. 전화로 얘기했던 이들의 목소리, 얼굴도 보인다. 많은 이들과 나누었던 대화가 되살아나고 있다. 묵언대화는 직접 목소리를 들을 때보다 더 또렷하다. 소리가 통화를 할 때보다 더 잘 들린다. 아니, 잘 보인다. 지금 창밖에 서 있는 저 나무들과 스마트폰으로 묵언대화를 나누어 본다. 침묵언어는 마음의 귓문을 간절히 여는 이에게만 들릴 게다. 군인 간 아들과 어머니는 멀리 있어도 묵언대화를 할 수 있다. 연인끼리는 떨어져 있어도 묵언대화로 통한다. 어디에나 침묵언어는 있다. 모든 사물은 침묵언어를 지니고 있다. 오랫동안 관조하다 보면 그 언어가 들린다. 단지 들을 줄 모르는 이에게만 없을 뿐.

도서관에서 7권의 책을 담은 가방도 어느 날보다 더 가벼운 건 기분이 좋아서다. 침묵언어를 들을 수 있어서다. 길거리에 가득 차 있는 침묵언어들을 바라보며 걷는다.

발걸음이 나비처럼 훨훨 날아가는 느낌이다.

나의 몸무게

내 몸은 62kg입니다. 손, 팔다리, 몸뚱이 머리 얼굴 내장 등 모든 부속품을 합한 종합적인 무게입니다.

나의 부속품은 죄다 그 무게가 다릅니다. 무거운 것도 있고 가벼운 것도 있지만 똑 같은 무게는 하나도 없습니다. 내 부속품 중 제일 무거운 건 어떤 것일까 곰곰 생각해 봅니다. 가벼워서 좋은 것도, 무거워야 더 좋은 것도 있습니다.

내 발은 조금 무거웠으면 좋겠습니다. 너무 가벼워 가지 말아야 할 곳과 가야할 곳을 가리지 못하고 마구 드나들까 봐 좀 더 무겁기를 소망합니다. 내 발목은 좀 가벼웠으면 좋겠습니다. 좋지 않은 일에서 얼른 빼지를 못하고 발목 잡힐까 봐섭니다.

내 몸의 전체 무게는 가벼워서 날렵했으면 좋겠습니다. 무슨 일이든 굼뜨지 않았으면 싶어섭니다.

입술은 무게가 많이 나갔으면 좋겠습니다. 내 혀는 더욱 더 묵중했으면 좋겠습니다. 가볍거나 날렵하게 놀리는 게 싫어섭니다. 입은 쇳덩이처럼 무거웠으면 좋을 거라 생각됩니다. 거기서 나오는 말도 무게가 있을 터이니 말입니다.

발바닥도 너무 가볍지 않았으면 좋겠습니다. 아무데나 타박거리고 함부로 다니지 않고 갈 데 안 갈 데를 잘 가려서 무겁게 걸어 다녔으면 좋을 듯싶어서입니다.

주먹도 무거웠으면 좋겠습니다. 아무데서나 함부로 휘두르지 못할 테니 말입니다.

마음은 무거웠으면 좋겠습니다. 너무 가벼워 이랬다저랬다 하는 게 싫어섭니다. 생각은 좀 더 무거워야겠습니다. 폴짝폴짝 뛰는 참새처럼 날아다니는 게 싫어섭니다.

내 귀도 좀 두꺼워서 무게가 많이 나갔으면 싶습니다. 남의 말을 함부로 잘 듣는 이를 일러 귀가 얇다고 하니 말입니다. 얇은 것은 가볍다는 뜻이겠죠.

내 몸뚱이 부속품 중에서 가벼워서 좋은 것도, 무거워서 좋은 것도 있습니다.

엉덩이는 가벼웠으면 좋겠습니다. 할 일 앞에 두고 미적거리는 이를 엉덩이가 무겁다고 하니 할 일을 곧잘 하는 엉덩이가 되고 싶어서 저울대가 휙 올라가기를 바랍니다.

엉덩이가 너무 무거우면 앉은 자리에서 눈치 없이 개기기만 하다가 미움 살 수도 있어 가벼웠으면 싶습니다.

내 몸뚱이는 무거운 것과 가벼운 것들이 적당히 배합되어 균형을 이루었으면 참 좋겠다고 생각해 봅니다.

파괴하고,
더럽히고,
무질서하게

　나이 많은 어른나무가 회의를 소집했습니다. 두고두고 봐도 반성은 하지 않고 계속 파괴만 일삼는 인간들을 두고 볼 수가 없어서 긴급회의를 소집했습니다. 제일 연장자인 고목나무는 산천에 있는 나무들을 빠짐없이 모이게 했습니다. 이대로 됐다간 풀들도 모든 생명체들이 제대로 살아가기 힘들다고 일장 연설을 했습니다. 나무와 풀들은 여기저기서 공감하며 함성을 보냈습니다. 지구를 더럽히는 나쁜 놈은 당장 쫓아내야한다는 의견이 여기저기서 터져 나왔습니다.

　어른나무는 바위에게도 통고했습니다. 산동네서 제일 큰 바위가 작은 바위와 돌멩이들과 자갈들에게도 빠짐없이 통보했습니다. 순식간에 크고 작은 돌들이 한 자리에 모였습니다. 우리 동네를 파괴하고 난도질만 일삼는 놈은 당장 쫓아내든지 멸종시켜야한다고 모두 흥분했습니다.

　흙과 물도 통보를 받고 모여들었습니다. 누가 우리 동네를 어지럽히는지, 파괴를 일삼는지 색출해야 한다고들 흥분했습니다.

　한 나무가 범인을 안다고 말했습니다. 우리의 목을 자르며 무지막지하게 부러트리며 이기심에 현안이 된 자를 안다고 했습니다.

　바위도 범인이 누구란 걸 안다고 했습니다. 깨트리고 파헤치면서 못 살게 구는 범인을 자주 목격한다고 했습니다.

물들이 또 아우성이었습니다. 정결한 본성을 더럽게 만들어 썩은 냄새가 진동하게 만든 자가 누군지를 안다고 큰 소리로 말했습니다.

흙도 마찬가지로 소리를 질렀습니다. 이젠 공해에 저려서 제 본분을 감당할 수가 없다고 숨을 헐떡거리며 흥분했습니다.

현명하고 지혜로운 바람이 지나가다가 큰소리로 지구동네의 범법자를 확실히 알고 있다고 했습니다. 그자는 교활하기 짝이 없는 자라고 소릴 질러댔습니다. 그 범법자들을 지구동네에 있는 모든 생물이나 무생물들을 괴롭히다가 이젠 심심한지 자기끼리도 싸우고 죽이는 잔인성을 발휘하는 걸 바람은 돌아다니며 일일이 목격했다고 말했습니다. 그자들은 자기들이 존경하는 신을 믿는다고 했습니다.

세상이 다 신인데 무슨 신이 따로 있는 거냐고 고목나무가 말했습니다. 그들은 세상을 신이 만들었다고 믿고 있습니다. 그 신을 받들라고 하기도 합니다. 자기가 믿는 신을 믿지 않는다는 이유로 전쟁을 하면서 협박하고 동족을 죽이기를 밥 먹듯 한다는 걸 다 알고 있다고 바람이 설명했습니다.

신이 현명하다면 한 번 만들었으면 그만이지 뭘 일일이 간섭을 할 것이라고 어리석게 신의 핑계를 대면서 신 노릇을 하는 그런 어리석은 자라고 바람이 성토했습니다.

지구동네 모인 모두는 현명한 바람의 말에 귀를 기울였습니다. 그들이 누구냐 하면, 두발로 걸어 다니고 하늘로 머리를 들고 사는 동물이라고 했습니다. 제 잘난 체 꼿꼿이 고개를 추겨들고 거드름 피우며 돌아다니는 동물이라고 했습니다.

회의에 참석한 모두는 이구동성으로 당장 버르장머리를 고쳐놓자고 아우성이었습니다. 지구동네에선 그 동물만 없애버리면 정말 평화롭게 잘 지낼 수 있는 터전이 될 거라고 결론지었습니다.

"내일부터 당장 실행에 옮깁시다."

"옳소, 옳습니다!" 여기저기서 함성이 터져 나왔습니다.

회의가 끝나는 새벽시간에 모두가 움직이기 시작했습니다. 나무들은 산에서 죄다 내려와서 길 한복판에도 서고 지하철 입구에도 서고 한길의 복판에도 자리 잡아 서기 시작했습니다. 지하철입구와 길바닥엔 온통 나무들이 우뚝우뚝 서기 시작했습니다. 길가에 있던 가로수들은 일제히 한길 복판으로 들어가기 시작했습니다.

바위들은 대문마다 버티고 섰습니다. 사람이란 동물이 먹고 사는 곡식 속에도 자갈과 모래들이 들어갔습니다. 건물의 벽돌들도 해체되어 길로 내려와 굴러다니기 시작했습니다. 나무로 된 전봇대는 산꼭대기나 바다로 가서 하나 둘 줄을 서기 시작했습니다. 자기 자리만 지키고 있던 세상의 모든 사물들이 움직이기 시작했습니다.

지구에서 못된 짓만 골라서 하던 동물들은 아침에 잠이 깨어서 극도로 혼란하기 시작했습니다. 나무도, 돌도 바위도, 물도, 흙도 모두가 자기 자리를 이탈했기 때문입니다. 가는 곳마다 가로 막고 서서 깔깔대며 웃어댔습니다. 마주 보고 웃어대며 따돌림 당한 동물이 어떻게 할지 보자고 수군댔습니다.

그 광경에 도취했던 나는 화들짝 놀랐습니다. 모처럼 시원한 꿈이었습니다. 깨지 않는 영원한 꿈이었으면 참 좋겠다는 미련을 떨치지 못하고 한참 동안 자리에서 일어나지를 못했습니다. 지구상에 사는 모든 인간들이 이런 꿈을 한 번 쯤 다 꿔봤으면 좋겠단 생각에 선뜻 일어나질 못했습니다.

이런 꿈같은 현실이 어디선가 인간에게로 다가오고 있는 것 같아 아침 내내 마음이 숙연해집니다. 언젠간 한 번은 우리 앞에 꼭 닥칠 것만 같은 생각이어서 말입니다.

사진 찍히는 연습

사진을 찍는다는 건 스쳐지나가거나 무시될 수 있는 사물들을 새로운 의미를 부여하는 것이다. 일반적인 사물을 특별한 대상으로 받아들이는 것이 사진이다. 사진의 프레임 안에 사물이 들어옴으로써 평범한 일상적 사물은 비로소 시각적인 의미를 지닌 특별한 그 무엇으로 변하는 것이다.

집안에는 보아 왔던 사물들이 많이 있다. 우리는 늘 사물과 함께 호흡하며 살고 있는 셈이다. 항상 보아왔던 사물을 색채와 각도와 초점과 광선을 이용하면 아주 다른 면의 사물인 사진으로 변한다. 새롭게 사물이 탄생한다.

지금까지 보아왔던 사물이 아니라 새롭게 창조해내는 데는 사진뿐 아니라 새로 볼 수 있는 시각이기도 하다. 사진과 시각이 똑 같은 지점에서 만난다. 내 마음의 눈이 사진기가 되면 늘 습관적으로 보던 사물도 다르게 변신해서 보여준다. 사물뿐 아니라 우리가 평소에 대하는 인간관계에서도 사진 찍기와 비슷한 의미를 지니고 있다는 생각이 든다.

새로운 카메라의 눈이 되어서 사람을 볼 줄 안다면 참 좋으리라. 사진기의 눈으로 상대를 보려고 노력하면 지금까지 보아왔던, 보이지 않던 다른 부분을 선명하게 바라볼 수 있다. 보이지 않던 면을 찾아내는 셈이다.

항상 살아있는 카메라의 눈이 되려고 노력한다면 세상은 지금보다 훨씬 넓다는 걸 알 수 있을 것이다. 더 많은 것을 볼 수 있는 세상이다가 온다. 세상은 언제나 그냥 그대로 자연스럽게 존재한다. 시각이 넓어지면 훨씬 넓은 세상, 좁아지면 더 좁은 세상으로 다가 가게 된다. 편견의 눈으론 자신이 보고자 하는 단면만을 늘 보게 된다. 아집의 눈으로 보면 세상은 실제보다 훨씬 좁고 왜곡되어 보인다.

사진기를 들이대면 대부분의 사람들은 먼저 웃는 표정을 지으려고 애쓴다. 사진기 앞에서 온화하고 멋있는 표정을 만들려고 노력하는 것이 인간의 본능일지 모르겠다는 생각이 든다.

사람을 만날 때 사진을 찍히려는 마음을 챙겨보면 어떨까. 하루에도 수십 번씩 사진 찍히려는 마음을 챙긴다면 정말 누가 보나 그 사람은 멋진 한 장의 사진이 될 것이다. 멋진 인상의 주인이 될 게다.

나는 사진을 찍을 때마다 많은 생각을 한다. 내가 멋있게 찍기보다 멋있게 찍히는 방법을 먼저 깨닫고 싶다.

어쩌면 인생살이는 멋진 사진 찍히기 연습의 연속일지 모르겠다.

알고 나면
견디기 쉬운 걸

　산 정상에 올라서니 힘든 발걸음이 금시에 가벼워진다. 이제부터는 내려만 가는 길이기에 기분이 홀가분하다.

　하산하는 일이 죄다 내리막길만은 아니다. 어떤 산은 내려오는 도중에 조금씩 오르는 길이 섞여있기도 하다. 이럴 땐 전체로 보면 내려가기 위한 충전이라고 생각하면 등산할 때보다는 하산하는 게 더 훨씬 가볍다. 인생길에도 이젠 편안한 삶이 시작되는가 싶은 단계에 이르러서도 작지만 힘든 일들이 종종 기다리고 있다. 할 일을 앞에 두고 힘들 거라는 걸 확실하게 알고 나면 힘들지 않고 견딜 만하다. 모르고 덤볐을 때보다는 훨씬 극복하기가 쉽다는 뜻이다.

　인생살이 고달프다는 걸 미리 알고 나면 더 이상 힘든 일에 질리지 않는다. 자꾸 고달프게만 느껴지는 건 그 고달픔을 확실하게 알지 못했기 때문일 게다.

　알고 지내는 사람 중에 그 사람이 나쁘다는 걸 확실히 알고서 대하면 더 이상 해를 받지 않는다. 감언이설에 속거나 이용당하는 건 아직도 그 사람이 나쁘다는 걸 명확히 알아채지 못했기 때문에 오는 결과다.

　공부가 얼마나 어렵다는 것을 확실히 알고 나며 더 이상 어렵지 않다. 공부가 자꾸 어려워지는 건 아직 어렵다는 걸 확실히 알지 못했기 때문이다. 연인끼리 사랑하고 있다는 걸 확실히 알고 나면 의심할 필요가 없어진다. 자꾸 의심을 하는 것은 서로가 사랑한다는 걸 명확히 알아채지 못했기 때문이다.

돈이란 것이 우리 삶에 어떤 존재란 걸 확실히 알고 나면 돈의 유혹으로 인해 일어나는 부작용을 사전에 막을 수 있을 것이다. 자꾸 돈으로 인해서 함정에 빠지는 건 돈을 아직도 확실히 알지 못하기 때문이라고 할 수 있겠다.

인생이 힘들고 고달프다는 걸 확실히 알고 나면 더 이상 고달프거나 힘듦에 시달리지 않고 참을 만해서 여유가 생긴다. 험난한 인생살이에 시달리면서도 여유롭거나 웃음을 잃지 않는 사람을 주위에서 자주 만난다. 행복도 고통도 즐거움에도 달관한 사람일 게다.

어떤 일을 할 때 명확히 알고 추진하면 편안한 마음으로 접근할 수가 있을 것이다.

모든 걸 알고 나면 견디기가 쉽다.

'알아야 면장이라도 하지!'

옛 할머니들 말투가 갑자기 떠오른다. 허투루 들을 말이 아닌가 싶어서.

자신을 알고
탕아를 구한 사람

짐승은 밖에 있는 것들이 두려워 경계하지만 인간은 자기 안에 있는 것을 두려워해야 합니다. 남에게 예의를 지키는 것도 중요하지만 자기 자신에게 예의를 지키는 것이 더 소중한 일입니다.

남 조심하는 것도 중요하지만 자기 자신을 더 조심하면서 살아야합니다. 남에게 보다 자기 자신에게 신뢰를 받는 것이 더 중요한 일입니다. 남을 사랑하는 일보다 자기 자신을 사랑하는 자존감을 먼저 가져야 합니다.

남을 자주 쳐다보고 흉보기보다 자기를 자주 바라보고 흉볼 줄도 알아야합니다. 남이 정직하기를 바라지 말고 자기 자신이 먼저 정직해지기를 바라야합니다. 연인에게 순수하기를 바라지 말고 내가 먼저 순수해지기에 노력해야 합니다. 집 안을 깨끗이 청소하는 것도 좋지만 자기 맘부터 청소하는 습관이 필요합니다.

이렇게 나열하다 보니 결국 '자신'을 똑 바로 보는 일이란 생각이 듭니다. 어느 부잣집 탕아 이야기 한 토막이 떠오릅니다.

어느 부잣집 외아들은 매일 불량배들과 어울려서 싸움질, 술타령에 빠져서 아예 집을 외면하고 점차 수렁으로 빠져들었다. 몇 년 동안 떠돌아다니다가 집을 아예 찾지 않았다. 아버지는 집안 집사를 시켜 아들을 찾아오라고 명했다. 장정들을 거느리고 묻고 물어 아들이 있는 소굴로 들어갔다. 아들은 아예 대꾸도 않고 상대도 해주지 않았다. 할 수 없이 되돌아왔다. 이번엔 자신 있게 아들을 데리고 오겠노라고 하인 하나가 나섰다. 하인은 농부로 변신해서 소굴로 잠입해 들어갔다. 그렇게 얼마를 지나다 보니 그 생활이 너무 즐거웠다. 지금까지 살면서 이렇게 즐거운 생활이 처음이라 재미에 푹 빠져버렸다. 자신이 누군지, 왜 소굴까지 왔는지, 임무가 무엇인지 조차도 잊은 채 탕아와 같이 생활에 젖어버렸다. 기다리다가 소식이 없자 이번엔 다른 하인이 나섰다. 내가 반드시 데리고 올 테니 3개월만 여유를 달라고 주인께 여쭙고 다짐을 단단히 하고 집을 나섰다. 그는 도인에게 가서 자신을 바라보는 법을 터득하기 위해서 매일 훈련을 쌓았다. 자신이 누군지 자신을 잊지 않고 무엇을 해야 하는지를 늘 잊지 않는 사람이 되기 위한 도를 닦아나갔다. 두 번째 하인처럼 변장을 해가지고 소굴로 들어갔다. 그들과 똑같은 행동을 하면서도 결국 그들에게 동화되는 체 하며 자신을 똑바로 바라보며 지내다가 어느 날 자초지종을 탕아에게 알렸다. 같은 처지에 있는 사람이 하는 말이라 탕아는 쉽게 동화되어 같이 집으로 왔다.

누구나 자신을 똑바로 보고 살아가는 법을 알아야 합니다. 남과 같이 되지 말고 먼저 자신이 되어야 합니다. 아들을 구하러 간 두 사람은 자신을 잃고 동화되었지만 마지막 사람은 탕아가 된 주인집 아들도 보고 자신도 동시에 보았던 것입니다.

자기를 보는, 제대로 보는 일이 인생에서 가장 중요하고 어려운 일입니다. 자신을 보는 일이 곧 인생의 의미입니다. 인생의 숙제이기도 합니다.

우리는 모두가 마음을 잃어버린 탕아가 아닌지 한 번쯤은 숙고해 봐야겠습니다.

도토리에
얻어맞는 순간

산은 아무 산이라도 좋다. 등산 전문가들이 말하는 명산이거나 높은 산이 아니어도 나는 등산의미는 똑같다고 생각하며 산을 대한다. 백두대간을 밟지 않아도 낮은 산에 오르는 그 자체가 즐겁다. 세계의 명산이라고 해도 나는 특별히 다르다고 생각하지는 않는다. 아무리 작고 낮은 산이라도 나무와 풀, 돌과 바위를 지니고 있어 나는 모두 명산을 대하는 기분이다. 사람을 차별하지 말고 대하라는 나의 어머니 생각을 하면서 산을 대한다.

산에서 가장 자연스럽게 자라고 있는 나무를 바라보는 그 자체가 내겐 선(禪)의 행위라고 생각한다. 등산로에 꺾여 죽은 나뭇가지를 보면서 남의 생명을 무자비하게 대하는 등산객을 생각하며 사색에 젖어보기도 한다.

바위 틈새에 잎을 피워내는 작디작은 풀꽃이 손짓하는 곳으로 다가간다. 한참 쭈그려 앉아 풀꽃과 눈맞춤을 한다. 마음귓문이 열리기 시작한다. 우린 침묵언어로 대화를 시작한다. 작디작은 풀꽃을 보며 선의 경지로 몰입하기도 한다.

동굴 같은 바위 밑에 끼어 햇빛도 제대로 보지 못하면서도 생명을 지탱하고 있는 작은 풀꽃이 나를 오래 잡아둔다. 잘려버린 나무고갱이에서 밀고 올라오는 새순을 한참 들여다본다. 신비이고 기적이다. 생명보존법칙을 충실히 수행하고 있는 모습 앞에서 숙연해진다. 대강대

강 세상살이에 익숙한 내게 참신한 가르침을 준다.

가파른 산길의 돌계단을 받치고 있는 돌멩이들 하나하나를 관조하며 내가 살아온 등 뒤를 되돌아보기도 한다. 산새들의 지저귐이 마음 귓문을 더 크게 열어준다. 작고 큰 것들이 어우러져 생존하는 자연을 관조하는 게 내겐 참선의 교육장이다.

인간 세상은 강자가 약자를 짓누르고, 약자는 이유 없이 짓눌림에 숨 막혀 하는 것에 싫증나서 산을 훌쩍 찾아 나선다.

자신의 생존을 위해 온갖 거짓행동을 서슴없이 자행하는 인간들 곁을 잠시라도 떠나고 싶어 산을 찾는다. 내가 행하는 이런 '선(禪)'은 '정(正)'이라고 생각하고 싶다. 산은 선의 대상이고 정이다. 기분이 울적해질 때 나만의 선 수행을 위해 배낭을 챙겨 집을 나선다. 산은 언제나 나를 밀어내지 않아서 좋다. 언제나 쉽게 만날 수 있는 산이 있어 즐겁다. 산이 부르는 소리가 들려올 땐 마음이 더없이 바빠진다.

선을 통해 얻고 싶은 건 인생의 해탈과 집착을 버리는 것이라고 했다. 만사가 마음을 따르고 외부 사물의 교란을 물리치고 자신의 본심을 찾아내는 것이 '선'이라고도 한다. 한 걸음 한 걸음 정상을 향해 내딛을 땐 마음이 더 없이 진실해진다.

선을 향하며 걷는 내 머리 위를 뭔가 툭 때린다. 소스라쳐 사방을 두리번거린다. 머리가 얼얼하다. 커다란 상수리나무가 내 머리통을 사정없이 때린 거다. 꽤 큰 도토리 하나가 머리위로 툭 떨어졌다. 띵하게 아픔을 느끼는 순간 호수에 돌멩이를 던질 때처럼 마음속에 작은 희열이 둥그렇게 원을 그리며 퍼져나간다. '정신 똑바로 차리고 살아라!' 이 말이었을 게다. 무언가의 환희가 우주를 향하여 무한히 뻗어나는 느낌이다. 순간적인 깨달음의 빛이 이런 걸까. 잠자던 영혼이 깨어나는 느낌.

문고리를 잡는 순간, 스승에게 죽비로 머리통을 얻어맞는 순간, 날아가는 기러기를 보는 순간 깨달은 선사들이 생각난다. 거창하게 선사들 이야기를 하기보다는 내가 현재 집착하는 모든 것들이 한정된 내 목숨을 유지하는데 부질없는 짐이 된다는 걸 깨닫게 하는 순간이다. 맘 속엔 이미 희열을 넘어 법열의 물결이 일렁이는 느낌이다. 참 이치를 깨달았을 때 느끼는 황홀한 법열(法悅).

도토리에 머리통을 얻어맞는 바로 이 순간이 나의 참살이의 중심이다. 나만의 참선(參禪)을 깨달았기에!

식칼로
콧구멍 후비기

　욕실 구석에 플라스틱 세수 대야가 놓여있다. 빨래를 할 때 깔고 앉는 플라스틱 깔판도 있고 초록색 플라스틱 바가지가 양동이 안에 담겨있다. 둥글넓적한 갈색대야엔 물이 반쯤 담겨있다. 막대 끝에 플라스틱 털이 촘촘한 변기의 물 내리는 압축기구도 변기 옆에 서 있다.

　슬리퍼, 수도꼭지와 수건걸이, 세제가 담긴 병들과 비누 담는 그릇, 칫솔 담는 통, 세탁기, 면도기, 걸려 있는 수건, 화장실용품을 담은 서랍장 등등 대략 헤아려보아도 50여개가 넘는 사물들이 욕실 안에서 각각 자기 자리를 한곳씩 차지하고 있다.

　작은 공간을 이렇게 많은 사물들이 차지하고 있다는 게 새삼 놀랍다. 사물들의 생김새를 하나하나 자세히 관찰해 본다. 생긴 모양도, 하는 일도 각각 다르다. 하는 역할을 이탈하면 혼란스러울 것이다. 대야에다 밥을 퍼 담는다거나 칫솔로 밥을 떠먹거나, 슬리퍼를 모자처럼 쓰고 다닌다거나, 깔판을 거꾸로 뒤집어서 앉는다면, 대야에서 잠을 잔다면 어떤 일들이 벌어질까.

　극단적으로 생각한다면 할 수 있는 일들일지도 모르지만 보는 이가 정상이 아니라고 미친 사람으로 단정할 게 뻔하다. 하지만, 우리가 살고 있는 현 사회에선 지금 내가 생각하는 일들이 흔하게 일어나고 있어서 내 상상이 자꾸 그쪽으로 향한다.

　면밀히 따져보면 사물들이 제 역할을 하지 못하는 경우가 허다하다.

발에 신는 양말이나 스타킹을 머리에 모자처럼 쓰고 도둑으로 변한다거나, 세숫대야로 아내의 머리통을 때리는 도구로 사용하는 남편도 더러 있다. 야구할 때만 사용해야 하는 방망이로 사람을 때려죽인 상상조차 하기 힘든 예도 있다. 음식 만들 때만 사용하는 칼로 사람을 요리하려는 사람도 있고 앉아야 할 의자로 사람을 때리는 도구로 사용하기도 하는 세상이다.

입법부 일을 해야 할 국회의원이란 직함을 도둑질하는데 사용하는 이도 있고 국세청장 자리를 재산축적 도구로 사용하는 이도 있다. 이렇게 용도에 맞지 않은 엉뚱한 곳에 사용하려는 사람이 너무 많은 세상이다. 그런데도 우리는 당황하지도 않고 평상심으로 태연하게 생각하는 사람이 많기에 내가 지금 욕실에 있는 사물들을 보면서 엉뚱한 상상을 하고 있는지도 모르겠다. 차라리 지금 욕실 안에 있는 저 슬리퍼를 모자처럼 쓰거나, 대야에 앉아서 밥을 먹거나 칫솔로 식사를 하는 것이 더 나은 세상이 아닌지 모르겠다.

구두를 호주머니에 넣고 다니고, 숟가락으로 양치질을 하고, 승용차와 오토바이를 거꾸로 주행하고 다니는 사람을 만난다면 분명 미친 사람이라고들 손가락질할 것이다. 한데도 국회의원, 판검사, 정치가라는 직위를 도둑질하는 도구로 사용하는 것은 예사로 보아 넘기는 게 더 황당하다. 세상엔 정말 미친 사람 천지라는 망상까지 자꾸 끼어든다.

사람들은 인간이 할 수 있는 일, 할 수 없는 일이 있다고들 입에 달고 산다. 해서는 안 될 일과 해야 할 일들이 있다고 하면서도 정작 그런 일이 일어나고 있는 현상에 대해선 왜 이렇게 무디기만 할까.

세수 대야는 세수할 때, 칫솔은 양치질할 때, 신발은 신고 다니는 본연의 임무를 충실히 실행하는 게 사물에 대한 인간의 예의가 아닌가. 삼라만상 어느 것 하나에도 그가 존재하는 이유가 없는 건 없으리라.

나는 물건을 제대로 사용할 줄 아는 사람인가, 미친 사람은 아닌가,

해서는 안 될 일을 하고 있는 건 아닌지를 곰곰 생각해보니 나도 별수 없이 두려움이 앞선다.

왜 내 앞에 사물들이 이렇게 많이 있는 걸까, 나는 왜 세상이란 무대에 나로 존재하는 걸까, 이 모든 걸 조금은 알아 챌 수 있을 때쯤이면 나의 무대는 암전될지도 모르겠다.

두렵다. 식칼로 음식을 장만하지 않고 사람의 목에 들이대려는 사람이 많은 세상이. 정신 바짝 차리고 사물의 용도만 잘 분간해서 사용한다면 인생살이 거꾸로 가지는 않을 게다. 제발 식칼로 콧구멍 후비는 일은 말아야지!

사람을
얕잡아 보는 쥐

이른 아침에 쥐가 음식찌꺼기 비닐봉지를 뜯고 있다. 똥그랗고 새까만 눈이 유난히 반짝인다. 가까이 다가가도 도망치질 않고 입만 오물거리고 있다.

'요것 봐라, 이 녀석이 나를 무시해!' 군담을 하면서 뒤 돌아보니 담 모퉁이서 검은고양이가 한 마리가 어슬렁어슬렁 걸어온다. 언제 고양이 냄새를 맡았는지 쥐는 순식간에 줄행랑을 친다.

'허어 참 내가 고양이만도 못하다는 게지' 쥐는 나들이하면서 늘 고양이가 있는지부터 살피고 사람은 신호등 앞에서 좌우로 두리번거리며 차가 오는지를 살핀다. 차와 고양이 둘 다 무서운 존재다. 쥐는 차보다 고양이가 더 무서울 게고 사람은 차가 더 무섭겠지. 방금 그 쥐가 나를 얕잡아보고 헛웃음이라도 치면서 나를 깔본 게 아닌가 싶다. 나를 향해 고양이보다 못한 녀석이라고 낄낄대면서 쥐구멍으로 숨어들었을지 모르겠다.

쥐는 늘 불만일 게다. 조물주가 있다면 고양이보다 두 배만 더 컸다면 싶어서. 왜 우리는 고양이처럼 크지 않고 이렇게 작은 게지. 고양이보다 더 여러 가지를 먹는데도 왜 고양처럼 크지 않는 거야. 차라리 개만큼 크든가, 염소만큼 크든지, 송아지만큼만 컸다면 저 고양이보고 도망가지는 않았을 텐데. 어느 날 갑자기 돌연변이가 일어나 고양이만한 쥐가 탄생한다면 좋겠단 생각을 쥐들이 할지 모르겠다. 이런 상상을 하며 새벽산책길을 걷는다.

쥐는 온갖 불만을 다 털어놓고 싶지만 하소연할 데가 없다. 인간도 어느 땐 아무 곳에도 불만을 토로할 데가 없어 좌절하고 절망한다.

쥐는 사람이 사는 집에 살면서 사람이 살아가는 모습을 다 알고 있을 게다. 돈 없이 가난한 사람들은 부자를 쥐들이 고양이 대하듯 살고 있다는 걸 쥐는 알아챘을 게다. 권력자 앞에서 죽는 시늉까지 동원하여 아부하며 살아가는 게 인간이란 것도 눈치 챘을 게다. 고양이 앞에 우리들 쥐 신세라는 걸 깨닫고 있기에 사람이 다가가도 태연한 건지. 우리 쥐들은 보기 싫은 고양이 피해버리면 그만이지만 인간들은 피하지도 못하고 고분고분 조아리며 비굴하게 산다는 것도 익히 알고 있을 게다. 같은 동종 앞에서도 주눅이 들어 지내는 인간의 모습이 너무 우스워서 나를 무시했는지도 모르겠다. 쥐 세계는 절대로 그런 일이 없는데 인간은 참 우습기만 해서 사람이 가까이 다가와도 태연했던 것일까.

높은 자리에 있는 사람에게 굴욕을 당하면서도 그 밑을 떠나지도 못하고 굽실거리는 인간도 많이 봤다. 재벌 밑에서 온갖 수모를 다 당하면서도 병아리 모이처럼 조금씩 흘려주는 것이 너무 고마워서 턱을 조아리고 다니는 인간들을 많이 보고서 쥐들은 사람을 무시하기로 작정했는지도 모르겠다.

있는 사람과 없는 사람, 권력 쥔 사람과 지배 받는 사람, 인기인 앞에서 환호성 질러대는 인간들이 불쌍하기도 하고 신기하다고 쥐들은 생각했을까.

쥐는 인간을 보고 깨달은 것이다. 고양이를 보고 도망가는 우리보다 인간이 더 비굴하다고 생각하면서 인간을 무시하기로 작정한 걸까.

쥐들은 힘이 센 고양이에게 비굴하게 아부를 하지 않는데 인간은 왜 그렇게 하는지 도저히 알 수가 없는 일이라 고개를 갸우뚱했을까.

세상은 양육강식의 원리가 지배한다. 먹고 먹히면서 살아도 인간처럼 비굴하게 아부하거나 종처럼 살지 않는 우리 쥐들이 더 낫다고 생각하면서 사람을 보고 도망가는 쥐는 비굴한 일이라 태연한 걸까.

쥐들은 인간이 우리보다 한 수 아랫동물이라고 생각했을까. 먹이를 먹으면서 사람이 다가와도 도망가지 않는 버릇은 인간세계를 관찰하고부터 생겼을까.

'야아, 우리 쥐들만도 못한 인간들아!'

이런 소리가 자꾸 내 귀에 들리는 것 같아 새벽산책 발걸음이 무겁다.

나는 쥐가 뜯던 쓰레기봉지를 몇 번이고 돌아보면서 다시 걷는다.

작디작은 것의 힘

관악산 등산길이 아주 영망진창으로 망가져버렸다. 1백년만의 물 폭탄이라고 뉴스에서 떠들어대던데 정말 실감이 난다.

옹달샘 아래에는 시멘트로 발라 놓은 굵은 돌층계가 허리가 툭 잘려 나갔다. 바윗돌이 저만큼 밀려나기도 했다. 가던 걸음을 멈추고 한참 동안 쭈그려 앉아 들여다본다. '도대체 무슨 힘으로 이렇게 만들 수 있단 말인가. 연장이 있어도 사람의 힘으론 쉽진 않을 거란 생각이 자꾸 든다. 자연의 힘이 새삼스럽게 무서워 소름이 돋는다. 커다란 바윗돌들을 밀려낸 물. 아니다. 물의 힘만으로는 안 될 일이다. 커다란 바윗돌을 떠받들고 있는 작은 자갈들이 먼저 시동을 걸어서 이렇게 만든 것이다. 작은 돌멩이들이 먼저 빠져 나가면서 틈새를 만든 것이다. 굵은 돌로만 쌓았더라면 이렇게 무참히 무너지지는 않았을 것이다. 큰 돌 밑에 작은 자갈들이 요동치며 흔들릴 때 바윗돌은 균형을 잃었을 것이다. 작디작은 자갈들이 커다란 바윗돌들을 떠내려가게 한 셈이다. 징검다리의 굵은 바윗돌은 균형을 잘 잡고 제 자리를 지키고 있는 걸 보니 자잘한 자갈 탓으로 돌리는 내 추리가 맞는 것 같다. 작디작은 돌들이 밑에 받쳐주고 굵은 돌들이 길을 만들었지만 고장이 날 때는 작은 돌들이 먼저 빠져나가버린 것이다. 바윗돌이 균형을 잃는 바람에 시멘트로 단단히 굳혀 놓은 곳도 부서져 내려앉았다.

산길에 쪼그려 앉아서 무너진 바윗돌을 보고 있으려니 갑자기 미국의 전설적인 프로레슬러 헐크호건이 떠오른다. 헐크호건 같은 어마어

마한 괴력을 지닌 사나이라도 균형을 잃게 만드는 것은 작은 행동에서 일어난다. 그에게 두 살 쯤 된 아이가 있다고 가정해 본다. 사랑하는 아이가 갑자기 죽었다면 아무리 헐크호건보다 힘이 센 사나이라도 금방 무너질 수 있을 거란 생각도 든다. 사람에 비해서 수 억만 배 아니 비교도 안 될 정도의 작디작은 세균에 의해서 사람이 죽기도 한다. 작은 것이 정말 무서운 존재일 수도 있다.

가장 무서운 것은 가장 작은 것이다. 작다고 해서 가볍게 여길 일이 아니지 않는가. 개미구멍에서 커다란 둑이 무너진다는 이야기가 생각난다.

쭈그려 앉았던 몸뚱이를 일으켜서 다시 산 정상을 향해 걷는다. 산에 비하면 내 발은 엄청나게 작다. 작은 나무들과 작은 풀들이 오늘따라 내게 미소를 짓는 것 같다. 작디작은 풀들이 꽃을 피우고 있다. 화려하지도 않고 꽃이라고 생각할 수 없을 정도다. 잔디 꽃도 만발해 있다. 정상까지 올라가면서 작은 것들과만 눈을 맞춘다. 작은 자갈, 모래, 흙, 먼지, 티끌들이 커다란 관악산을 이루고 있구나.

내 뇌 속에서 한 순간 작디작은 생각의 씨앗이 책 한 권을 쓰게도 하고 인생의 방향을 돌려주기도 한다.

작은 것에 대한 귀중함, 위대함이 아주 커다랗게 내 가슴속으로 밀려든다. 작은 지렁이 한 마리가 길바닥에 느린 산보를 하고 있다. 지렁이를 잡아 풀밭으로 옮겨 놓는다. 작은 지렁이가 자기 목숨을 고종명할 거란 생각을 하면서….

개구리 올챙이 적 생각

새벽산책을 위해 집을 나선다. 바깥 대문 곁에 바지 하나가 놓여 있다. 사람이 입던 옷인데 왜 섬뜩한 생각이 드는 걸까. 헤지지 않은 옷이라 더 그렇다. 옷을 장만할 때와 버릴 때의 마음은 어떻게 다를까. 멀쩡한 물건들이 길가에 자주 버려지는데 참 초라하게 보인다. 거리에 버린 것들을 찬찬히 살펴보니 먹을 때 사용했던 것, 잠 잘 때 이용한 것, 놀이기구 등 죄다 한 때는 유용했던 것들이다. 헌 옷가지는 노숙인들이 가져다 입는 경우도 있지만 남이 입다버린 것을 입는 게 유쾌하진 않을 게다.

문 앞에 버려진 옷이 내가 처음 상경했을 때를 떠올린다. 그 시절엔 멀쩡한 옷을 버리는 건 언감생심이었다. 동대문시장에는 헌옷 매장들이 즐비했다. 헌옷가게에 걸려 있는 양복 한 벌도 사 입기에 무척이나 힘겨운 형편이었다.

명절은 다가오지, 고향은 가야하겠기에 돈이 없어 몇 번이고 망설이다가 헌 양복을 한 벌 샀다. 지금도 눈에 선한 그 양복. 갈색에다가 줄무늬가 있는 양복이다. 입어보니 몸과 마음에 딱 들어맞았다. 고향에 내려가서 헌 양복을 입고 폼을 잡고 다녔던 걸 지금 돌이켜보니 과히 즐겁지도 않은 추억이 되어 마음 한 귀퉁이에 먼지만 묻어있다. 시골 내려온 김에 선을 보라는 거였다. 맞선 보는 자리에서도 헌 양복이 내 위신을 세워줬던 게 그나마 천만다행이었다. 결혼 후에도 마음 아픈 사연이 묻어있는 양복을 버리지 못하고 장속에 오랫동안 걸어두었다.

언젠가는 아내가 그 옷을 전부 버렸을 때는 은근히 섭섭한 생각이 먼저였다. 양복을 버린 걸 투덜대면서, 그때서야 동대문시장에서 헌옷을 사 입고 선을 보러간 걸 고백했다.

이른 아침 집 앞에 버려진 옷 때문에 썩 즐겁지도 자랑거리도 아닌 추억에 골똘히 젖는다. 비둘기 한 마리가 내 앞에서 알짱거린다. 뒤뚱 뒤뚱 걸으면서 고개를 까딱까딱 광운동을 하면서 아침식사를 하고 있다. 한참을 찾다가 먹을 게 눈에 띄었는지 콕 찍어 담는다. 자전거를 세워놓고 헌 박스와 신문지를 열심히 줍는 이가 있다. 사람 눈엔 잘 보이지도 않는 작은 먹이를 열심히 찾고 있는 비둘기와 경쟁을 하고 있는 것 같아 보인다.

집을 나서기 전에 보던 텔레비전뉴스가 떠오른다. 연봉 수십억, 하루에도 보통 사람의 10년 월급을 벌 수 있는 기업인도 있다고 한다. 자전거로 폐품을 모으는 이와 잘 보이지도 않는 작디작은 먹이를 쪼는 비둘기와 섞어서 상상해 보니 묘한 느낌이 든다.

노점장사를 하려고 수레에 짐을 꾸리는 이도 보인다. 저 분은 다른 날보다 조금만 나은 돈이 손에 들어와도 정말 기쁜 마음으로 집으로 행할 것이다. 가족을 생각하며 걷는 발걸음이 정말 행복할 게다. 해서, 가난한 이들이 행복감을 더 자주 느끼면서 산다고도 한다지, 돈이 많으면서도 항상 부족해하는 이들에 비해서.

즐거움의 크기, 행복의 무게를 계량기에 달아보면 가난한 이와 부자의 차이는 확실히 다를 게다.

산책을 마치고 대문 앞에 버려진 옷을 뭉쳐서 버린다. 손에 불결한 것이 묻은 것 같아 찜찜한 느낌이 들어 비누로 씻고 또 헹구어도 쉬 개운해지질 않는다. 사람이 입었던 옷이 왜 이렇게 더럽게 느껴질까. 더러움이란 내 관념이 지배할 테지만 어쩐지 떳떳치 못하다는 생각이 아침 내내 마음속에서 맴돈다.

'짜식, 올챙이 때 생각 좀 해 봐라!'

중얼거리다가 나도 모르게 코웃음을 치며 고개를 푹 숙인다.

새들의 언어

뚤뚤뚤뚤 뚤뚤 뚤! 계속 귓가에 맴도는 소리. 빗소리가 잠시 멈춘 틈을 타서 귀뚜라미란 녀석이 침묵의 공간에다 쉴 틈 없이 소리를 쏘아댄다. 가을이 온다는 시침의 소리로 들린다.

사람들은 귀뚜라미가 운다고도, 노래를 한다고도 한다. 찬찬히 들어보니 내 귀엔 노래도 우는 것도 아닌 것 같다. 귀뚜라미 소리에 취하면 떠난 임이 더 애절하게 떠오르는 사람이 있거나, 근심걱정에 둘러싸여 더 슬퍼지는 사람도 있으리라.

까치가 함초롬하게 젖은 몸뚱이로 날렵하게 산책길 앞에 내려앉는다. 젖은 꼬리가 땅에 닿을 듯 말듯 하면서 까닥까닥 걷는 모습이 배를 타고 노를 젓는 모습이다. 무언가를 쿡쿡 찍어 먹는다. 세 마리로 늘어난다. 참새들도 뒤따라 포르릉 내려앉는다.

깍깍 깍깍 까재까재. 쨱쨱쨱 쨱쨱... 삐이롱삐이롱 종묘 숲속에서 쉬지 않고 들려오는 새소리들. 순라길을 따라 새들의 소리를 들으니 깊은 산속에 들어온 착각이 든다. 새소리의 의미가 궁금해진다. 무슨 가사를 읊조리는 건지 알아들을 수가 없다. 새소리에 취하는 순간 길가에 구멍가게의 텔레비전에서 말소리가 들린다. 텔레비전은 켜기만 하면 밤낮없이 말소리를 쏟아낸다.

만나기만 하면 텔레비전처럼 입부터 여는 게 인간의 오랜 습성인지 모르겠다. 텔레비전뉴스는 좋은 소리보다 언짢은 이야기가 더 많다. 간혹 감동을 주는 말소리도 섞여있지만 대부분 들어서 눈살 찌푸리게 하는 뉴스가 많다.

　사람을 만나도 듣기 좋은 소리가 있는가 하면 듣기에 거북하거나, 신경을 거슬리게 하는 소리도 있다. 우리는 많은 단어들을 매일 조립해서 입으로 쏟아낸다. 하루에 얼마나 단어들을 조립해낼까. 부피로 환산할 수 있다면 커다란 무더기가 될 것 같다.

　라디오, 신문, 텔레비전 방송 등에서 쏟아내는 말들은 또 얼마나 많은가. 지금 18대 대통령선거기간이라 전국은 억센 말, 뾰족하게 날이 선 말들이 마구 굴러다니고 있다. 상대방에게 상처를 내는 말들이 강풍에 휘날리는 눈발처럼 무질서하게 광기를 부려대기도 한다.

　많은 말속에서 나쁜 것을 골라내버리고, 좋은 말만 만들 수는 정녕 없는 걸까. 가족끼리, 친한 친구끼리, 때론 연인끼리도 뾰족하게 날선 말을 거침없이 쏟아내다가 서로 낯을 붉히기도 한다. 상처를 낼 위험한 말들은 조립해 내지 않았으면 좋으련만.

　아침산책길 사색에 빠져 있는 내게 자꾸 새들이 뭐라고 말을 건다. 종묘 숲속에서 날아드는 새소리는 사람소리보다 더 정겹다. 남을 해치는 소리를 하지 않아서일까.

　나는 오늘도 얼마나 많은 단어들을 조립해낼까. 남에게 상처 주는 말은 철저히 걸러 내리라. 지금 들려오는 저 새들만큼만 아름답게 말할 수 있었으면 참 좋겠다.

　까잭까잭… 쨱 쨱쨱, 삐이롱 삐이롱, 매암매암 맴맴.

　쉴 새 없이 들려오는 저 소리들은 내게 무언가를 일러 주고 있다. '뾰족하게 날 선 말들은 절대로 만들지 마!' 라는 말인가 보다.

　아! 비가 잠깐 갠 아침공기가 더없이 맑다. 새소리에 아침공기가 더욱 상쾌하다. 내 마음도, 영혼도 점점 더 맑아져가고 있는 느낌이다.

옹이 박힌 나무지팡이

관악산 정상까지 갔다가 거의 다 내려올 즈음, 빵빵한 배낭을 짊어지고 올라오는 아주머니와 마주친다. 아마도 깔딱고개 너머에 있는 연주암에 기도하러 가시는 분인가 싶다. 숲속으로 들어가는가 싶더니 나무막대기 하나를 꺼내 온다. 나뭇가지를 지팡이 삼아 걷기 시작한다. 자주 오르내리며 숲속에 뒀던 모양이다. 나무지팡이엔 옹이가 서너 군데나 박혀있다.

옹이가 박힌 나뭇가지의 모양새로 봐서는 꽤 나이를 먹은 모양이다. 지팡이란 원래 느린 걸음으로 걷는 사람에게 도움을 주는 도구다. 달리는 사람에게 지팡이가 어찌 필요하겠는가. 빨리 걷는 사람보다 느리게 걷는 사람에게 더 필요한 지팡이란 게 어떻게 생각하면 모순이란 생각도 든다.

옹이가 박힌 것은 나뭇가지를 많이 키워내다가 꺾였다는 증거다. 잔가지가 꺾이고 부러진 나무가 스스로 치유를 위한 몸부림의 상징으로 남긴 흔적이 옹이가 아니겠는가. 시련을 많이 겪은 나무가 옹이가 많게 마련인데 인간 역시 마찬가질 게다. 아주머니가 짚고 올라가는 나무지팡이는 옹이가 많아서 더 단단하다. 자라면서 꺾이고 부러지는 시련 때문에 단단한 지팡이로서 더 의젓해졌다.

옹이 박힌 나무지팡이를 보면서 새삼스럽게 주위를 휘휘 둘러본다. 상처 없는 나무가 하나도 없다. 옹이 없는 나무를 찾으려 애써 보지만 하나도 눈에 띄질 않는다.

나무지팡이처럼 옹이 박힌 사람이 많을까, 옹이 없이 미끈한 사람이 더 많을까.

사람이나 나무나 오래 산다는 자체가 어쩌면 상처를 받는 일이다. 상처를 만날 때마다 어떻게 대해야하고 어떻게 자가 치료를 하는가가 나무나 사람의 삶의 과제가 아닐지 싶다. 옹이란 사람으로 치면 일종의 흉터다. 그 사람의 지나간 이력서의 흔적이기도 하다. 살다보면 반드시 어떠한 흔적이라도 남기기 마련이다.

오늘의 불편한 상처가 먼 훗날 아름다운 추억의 옹이로 남을 수 있다면 더 단단해져서 얼마나 좋은 일이겠는가. 옹이를 지닌 채 꿋꿋하게 살아가는 나무들처럼 나도 담담하게 살았으면 참 좋겠다고 생각해보지만 그게 쉬운 일이 아니리라. 안으로 삭이고 그것을 키워나간다면 튼튼한 옹이가 생겨서 인간사회에서 지팡이가 될 수 있으련만.

옹이는 힘들게 걷는 사람을 지탱해주는 지팡이의 힘이다. 지금까지 살아오면서 마음속에 옹이도 많이 만들었다는 게 사실이다. 그것이 남의 지팡이 노릇까지는 못될지라도 가파른 인생길 오르면서 많은 힘이 되었을 것이다.

한 번 사용하고 버리는 지팡이보다는 오래 간직한 인생지팡이라도 될 수 있었으면 좋겠다. 내 맘속에 우둘투둘하게 생긴 옹이들이 말이다. 이런 옹이는 남에게 거칠게 심술을 부릴 수도 있지만 반대로 남의 지팡이 노릇도 할 수 있는 게 또한 맘속 옹이가 아닌가 싶다.

옹이는 참 아름다운 상처다. 나도 옹이 박힌 저 지팡이처럼 많은 시련을 겪고 살아왔지만 누구에겐가 지팡이 노릇을 해준 적이 없으니 허허롭기만 하다. 아주머니가 짚고 고된 산길을 오르는 지팡이만도 못하다는 생각을 하니 빈껍데기만 있는 나 자신처럼 일순간에 느껴진다.

내 인생은 앞으로도 옹이가 얼마나 더 박혀야만 남들에게 든든한 지팡이 노릇을 한 번이라도 해줄 수 있을까. 옹이로 남을 함정에 빠트리는 일만은 빼고….

죽어가는 신갈나무 앞에서

태풍이 잔인하게 폭력을 휘두르고 지나간 다음날. 상수리나무, 신갈나무 잔가지들이 처절하게 등산길에 깔려있다. 이른 봄 애순이 나올 때 애벌레들에게 사각사각 뜯어 먹히고 살아남은 잎들. 청설모가 가지치기를 해서 길바닥에 흩어놓을 때도 있더니 이젠 태풍까지 못살게 구는구나. 그 중 신갈나무와 상수리나무가 더 심하다.

계곡 등산로에 나무 한그루가 쓰러져 가로 막고 있다. 길 위쪽 2~3미터 쯤 거리에 바위틈새에 섰던 나무다. 성인 허벅지보다 굵은 줄기와 10m 정도가 넘는 키에 나뭇잎은 아직 새파랗지만 얼마 안 있어 말라 쭈그러질 것이고 썩어갈 것이다.

발걸음을 멈추고 쭈그려 앉아 안쓰럽게 바라본다. 만져보고 쓰다듬어 본다. 아직도 심장이 팔딱거리는 느낌이다. 이십여 살은 되었으리라 짐작된다. 한참을 바라보지만 다시 세울 수도 아무런 대책도 없어 짠하기만 하다.

한 생명의 신음소리가 내 영혼의 가슴을 울린다. 죽어가면서도 내게 뭔가 메시지를 전하기 위해 길을 가로막고 있는 겐가. 나무의 참뜻을 깨달을 수가 없다. 선뜻 일어서질 못하고 안쓰럽게 보고만 있으려니 목령(木靈)의 슬픈 소리가 들려온다.

어디 나무뿐이랴. 인간도 살다가 죽는다. 아주 어려서도 젊어서도 죽기도 한다. 늙어 죽는 것도 역시 살다 마는 거다. 태풍 같은 무자비한 환경의 악마가 덮쳐서 언제 죽을지 모르는 게 인간이다. 새벽 뉴스에서도 9명 사망, 3명 실종이라고 했다.

쓰러진 신갈나무는 내게 생명에 대한 깨달음을 주기 위해서 내가 오르는 산길을 막아 누워있었을까. 그렇다. 살았을 때만 산 것이다. 언제 죽을지 모르는 생명이다. 살았을 때도 산 게 아닐지 모르겠다. 삶 속에는 죽음이 붙어서 상존하기에. 수많은 나무 중 하필 이 나무가 당했을까. 어제의 태풍에 가족을 잃은 분들도 그런 생각을 하며 슬퍼할 것이다. 예고 없이 생명을 잃은 분들의 명복을 빌어본다. 내 앞에 있는 신갈나무에게도.

주위에 살아있는 나무들은 아직도 촉촉한 물기를 머금고 서 있다. 어제 태풍에 놀라 겨우 이제 잠이 든 모양이다. 나무들이 깨지 않게 조심스럽게 일어나 다시 주위를 살핀다. 아무도 산을 오르지 않는 이 새벽에 내 영혼도 나무들처럼 잠을 자다가 보시시 깨어나는가 보다.

쓰러진 신갈나무는 이제 자라기를 멈췄다. 언젠가는 나도 이 나무처럼 자라나기를 멈출 것이다. 아직은 산 나무들처럼 나도 자라고 있다. 내 생각, 마음, 정신이 매일 조금씩 자라고 있는 중이다. 상수리나무나 신갈나무, 산벚나무처럼 쉬지 않고 자라고 있는 중이다. 어제의 마음보다 오늘은 더 자랐을 게다.

자란다는 건 철이 든다는 의미이기도 하다. 철이 든다는 건 끝이 없는 일이다. 죽을 때까지 철이 들다가 마지막 유언은 최고의 철든 말일지 모르겠다. 지금 내 앞에 쓰러진 나무보다는 더 큰 철이 들었으면 좋겠다. 쓰러진 나무를 다시 쓰다듬어 본다. 어떤 주검 앞에서 망자의 눈을 쓸어내리는 느낌이다 .

"살아있는 동안 열심히 살아라. 살아있을 때만 산 것이다."

쓰러진 나무가 내게 하는 침묵언어를 들으면서 다시 일어나 한 발자국 한 발자국 무겁게 내딛으며 제3 깔딱고개로 향한다. 내 인생길도 지금쯤 관악산 제3 깔딱고개 밑 어디에 쯤 와있을 것 같다. 힘들어도 힘들다는 생각 말고 살아있음에 감사하며 인생길 걸어가리라.

발바닥을
갉아먹는 생쥐처럼

선이란 따지고 보면 집중을 통해 존재의 실상을 깨닫는 행위라고 할수 있겠다. 명상과 사유함이 빈약한 사람일수록 정신이 메마르게 된다. 음식을 부실하게 먹으면 육신이 휘청거린다. 명상과 사유함은 정신을 살찌우게 한다.

순수한 집중의 사유는 마음을 살찌게 하고 올바른 정신자세를 형성케 한다. 사유가 깊을수록 인간은 내면에 밝은 정신의 뜰을 지닐 수 있다. 해서, 깊이 사유하는 이는 마음정원을 가꾸는 일이기도 하다. 사유를 하지 않는 사람일수록 촐싹거리거나 들뜨거나 아는 체를 먼저 하고 나서기 일쑤다.

아는 말을 하고 싶어 안달인 사람은 자연적으로 말이 많아진다. 떠들기를 좋아한다고 하겠다. 말싸움에서도 지지 않으려는 근성을 부리기도 한다. 짐을 진 듯 입이 무겁고 행동이 침착한 사람은 사유를 많이 하는 사람에 속한다. 깊이 사유하면 침전물이 많이 생겨서 마음이 맑아지게 된다.

대자연의 법칙으로 만들어내는 건 향기롭고 감미로운 것들이다. 대자연은 절대로 잘난 체 하지 않고 묵묵히 실행할 뿐이다. 대자연은 아주 느릿하게 봄이 오게 하고 여름과 가을을 교대로 지나가게 질서를 만들어낸다. 만약 대자연이 얕은 접시에 담긴 물처럼 촐싹댄다면 인간은 혼돈에 휩싸여 생을 이어가기가 힘들 것이다.

대자연이 침묵으로 일관하는 그 모습이 인간에게 깨달음을 주는 일이다. 인간에게 먹을 것과 입을 걸 무상으로 늘 제공해 주는 것도 대자연이다. 자연 앞에서 침묵하고 사유한다면 그 참뜻을 알지만 먼저 나서서 자연을 잘 아는 체 한다는 건 대자연 앞에선 금기상황이다.

생쥐가 잠자는 사람의 발바닥을 갉아먹을 때는 아파서 잠이 깨지 않도록 규칙적으로 상처에 입김을 분다는 아프리카 속담이 있다.

정치가의 신랄한 표정은 바로 생쥐의 이빨이고, 그의 미소는 작은 불씨도 꺼뜨려 꼼짝 못하게 만드는 데 쓰이는 진통제나 마취제처럼 작용한다. 그 미소는 어떤 뜨거운 논란이라도 잠재우는 소화제 역할을 하는 교활하기 짝이 없는 것이다.

어렸을 때 우리 집에선 닭을 길렀다. 어느 날 아침에 닭이 벌겋게 피를 묻힌 채 돌아다니고 있었다. 아침에 홰에서 나온 닭이 상처가 난 걸 보고 아버지께 여쭈었더니 간밤에 쥐에게 뜯어 먹혔다고 하셨다. 어떻게 닭이 쥐가 살점을 뜯을 때까지 모를까 의아하기만 했다. 미련한 녀석을 일러 닭대가리라 했는지는 모르겠지만 정말 미련한 닭이라는 생각이 들었다.

아버지의 말로는, 생쥐란 놈은 닭의 품속으로 살며시 기어들어가서 시원하게 살살 긁어주면서 조금씩 조금씩 뜯어먹는다고 했다. 그러면 마약에 취한 것처럼 닭은 점점 몽롱해진단다. 사람도 닭처럼 술이나 마약이나 어떤 일에 중독이 되는 순서가 그런 게 아닌가 싶다.

인간의 모든 행위가 사유하는 데서 비롯된다. 명상을 하거나 선을 행할 때도 쥐가 와서 닭처럼 살점을 살살 긁어 먹어도 모를 정도로 도취되어 볼 수 있다면 참 좋겠다는 생각이 든다.

선의 경지에 들어가서 실생활을 할 수 있다면 얼마나 좋으랴 싶어 그런 생각을 해 본다.

참기도

아내가 뭘 좀 가져다 달라고 해서 낮 시간에 조계사로 간다. 법당 안에는 기도하는 이들로 발 딛을 틈이 없다. 많은 도반들이 108배도 하고 염불도 하며 스님의 설법도 듣는다. 이 시간에 성당이나 교회에서도 기도하는 이가 이렇게 많을 것이다. 입학기도, 취직소원, 기타 각자의 소원을 비는 이들이 정말 많다. 조계사 문을 나서면서 한결 마음이 숙연해져서 기도하는 걸음으로 걷는다.

모든 일을 정도로만 행한다면 참기도가 될 것이란 생각이 자꾸 든다. 남을 돕는 마음, 타인을 긍휼히 여기는 자세가 정성스러운 기도일 게다. 오늘 하루 내가 남에게 죄 짓지 않고 마음챙김으로 산다면 참기도이리라.

걷는 걸음걸이가 똑바르면 그것도 기도이리라. 똑바른 생각을 하고 똑바로 먹는 것이 참기도가 아니겠는가. 종일 행하는 모든 것의 한 부분도 그릇됨이 없으려고 애쓰는 게 참기도이리라.

집으로 돌아오는 '순간'을 꼭 붙들고 경건한 마음으로 기도하며 걷는다.

아침에 깨어나 잠자리에 들 때까지 인간법칙에 어긋나지 않는 게 참기도이리라. 자연법칙에 어긋나지 않게 생각하고, 행동에 옮기는 게 참기도이리라. 대통령은 치적 쌓기 골몰 말고 국민을 위해 정성 받드는 게 참기도이리라.

교회에서 무릎 꿇지 않아도 참마음 챙긴다면 참기도가 되리라. 이 나라의 후손에게 물려줄 아름다운 강산을 깨끗하게 보존하는데 정성을 다한다면 대통령의 진정한 참기도이리라.

국회의원은 당리당략 떠나 진정 나라 위해 일하는 게 참기도이리라. 판검사는 한 치 오차 없이 양심 속이지 않고 판결하는 게 참기도이리라. 교회, 성당, 사찰에서 고개 숙일 줄만 알았지 참을 깨닫지 못한다면 무슨 참기도가 되겠는가.

나는 기도의 화두를 들고 계속 걸으며 집으로 돌아온다.

신호등을 기다리며 큰 은행나무 가로수를 안아 본다. 나무에 귀를 대본다. 은행나무가 내게 말을 걸어온다.

날씨 추우면 잎이 다 떨어지고 봄이 오면 싹을 틔우고 여름엔 열매를 키우는 게 은행나무가 하는 참기도란다. 한 치의 어긋남 없이 수천 년 살아갈 자신이 있단다.

"내 말이 틀린 게 하나라도 있으면 용문사 앞에 우리 할아버지 은행나무께로 당장 가보라!"

"기도가 바로 이런 거란 걸 미처 깨닫지 못했어. 고맙다 은행나무 가로수야."

나는 이젠 참기도를 조금은 알 것 같다.

자연법칙을 어기지 말고 살아가라고 은행나무가 내게 참기도를 가르쳐 준다.

참새가 내게 하는 말

　방 안에 갑자기 쥐 한마리가 뛰어 든다. 어떻게 할까? 잡아야 한다. 뭘 가지고 잡을까. 막대기로 잡을까. 베개를 던져서 잡을까. 방석으로 덮어버릴까 방석이 좁으니 금방 빠져나갈 것이다. 담요로 덮어버릴까. 금방 빠져나갈 것이다. 커다란 이불로 확 덮어버린다. 지근지근 밟는다. 죽었는지 확실히 알 수 없다. 계속 더 밟는다. 죽었을 것이다. 조심조심 들춰보니 죽었다. 아이 시원하다. 이불과 방바닥에 피범벅이다. 창자가 터져서 만신창이다. 이젠 잘 죽였단 생각이 싹 가신다. 걸레를 몇 번이고 빨아서 닦아야 한다. 이불도 빨아야 한다. 구역질이 난다. 이럴 때 보니 쥐보다 사람이 더 미련퉁이다. 쥐 하나도 합리적으로 잡지 못하는 인간인가 싶다.

　인간이 하는 일 어디 쥐 잡는 일뿐이랴. 갑자기 바퀴벌레가 눈에 띄면 호들갑부터 떨어댄다. 신문을 움켜쥐고 타닥타닥 때린다. 지근지근 비벼도 맘이 놓이지 않는다. 바퀴벌레는 어느 부분만 살아도 도망간다. 알만 살아있어도 새끼가 태어난다는 지독한 생명체다.

　개미가 집안에 들어와 여기저기 기어 다닌다. 욕실엔 거미가 기어 다닌다. 기분이 오싹해진다. 병균을 음식에 묻히면 어쩌나. 잡아 죽여야 하는 건 가족이 건강하게 살기 위한 생각 때문이다. 개미는 웬만한 살충제로는 전멸이 어렵다.

　어렸을 때 나무 그늘에 앉아 있을 때 개미가 살을 꼭 깨물었던 기억이 떠오른다. 금방 잡아서 뭉개버린다. 쉽게 죽는다. 죽이고 나니 개미

떼가 몰려온다. 누군가가 개미는 죽이면 계속 떼로 몰려든다고 했다. 이런 땐 참 맞는 말이구나 싶었다. 개미들은 의리가 있는 녀석들이다. 이제 생각해보니 개미의 죽은 몸에서 냄새를 맡고 시체를 치우려고 몰려들었던 거다. 원수를 갚기 위해서 몰려온다며 단합심이 무섭다고만 생각했다.

동물들, 특히 곤충이 분비, 방출하여 동류(同類)에게 어떤 행동을 일으키게 하는 물질이 바로 위험을 알리는 경보페로몬이다. 이성을 꾀는 성페로몬도 있다.

개미는 내 손에 죽어가면서도 페로몬을 방출하여 동료들에게 구조를 요청한 것인데 사람들은 단합심이 좋고 의리가 있다고 맘대로 해석해왔던 것이다. 따져보니 그와 유사한 해석이 너무 많다는 생각도 든다.

아침부터 장대비가 쏟아진다. 창문을 열어 놓으니 정원 숲에서 참새가 계속 떠들어댄다. 짹짹 짹짹 짹 ~ 가만히 들어 보니 참 리듬을 맞춰 애처로운 노래를 하는 것도 같고, 비가 너무 쏟아져서 갈 곳도 없고 배도 고파서 우는 것 같기도 하다.

"먹을 것이 없다. 먹을 것이 없다~ 그러는데." 라고 곁에 있던 아내가 냉큼 해석 해준다. 그렇게 대입시켜 생각하니 맞는 말 같다. 어떻게 참새의 말을 잘 알아들을까. 참 신기하다. 그렇게 생각하며 들으니 그런 게 틀림없는 것 같아서다.

인간은 동물이 표현하는 걸 모르면서도 나름대로 곧잘 해석해버리곤 한다. 애완동물에게 고통을 주면서도 잘 해주니 고맙게 생각하라는 투다. 개에게 아주 그럴 듯한 옷을 입힌다. 액세서리까지 달아준다. 집도 멋있게 지어주고 나서 개가 좋아하는 거라고 흐뭇하게 바라보며 고맙게 생각하라는 투로 바라본다.

인간은 틀리지 않고, 옳게 생각하기, 바르게살기를 까맣게 잊은 채 자기대로만 해석을 하는 쪽으로 진화해버린 모양이다. 어쩌면 지구별에서 제일 미련한 동물일지 모르겠다는 생각까지 드는데도 말이다.

인간은 참 한심하다. 그중에서도 나는 더 한심하다.

'사람이란 동물은 다 그 정도인데 그걸 한심하다고 생각하는 네가 더 한심하다'고 비 맞으며 지저귀는 참새가 내게 말하는 것 같이 들린다.

글쎄, 참새 앞에서 내 말문이 꽉 막혀버리네!

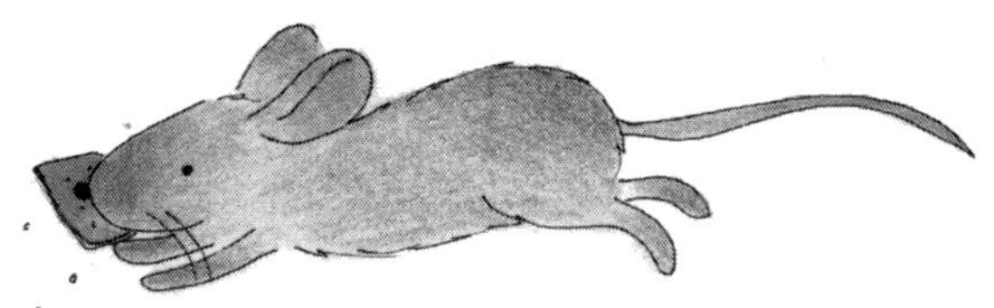

내 뇌는 뭘 먹지

길을 가면서 책을 읽는 것도 이젠 익숙해진 습관이다. 사람이 붐비는 대로에서는 앞서 가는 이의 뒤만 기준을 잡고 걸으면 책읽기가 편하다. 뚱뚱한 이가 앞에 가면 더 안전하다. 젊은 남녀가 손을 맞잡고 걷는 뒤는 더욱 좋다. 뒤뚱거리며 걷는 할머니나 할아버지 뒤도 책 읽으며 걷기에 괜찮은 편이다. 신호등 앞에서 대기하다가도 곁에 사람이 걸어가면 움직이며 독서를 한다.

텔레비전 프로그램에 생활달인처럼 나도 이젠 길 걸으며 책 읽는 달인이 된 셈이다. 전차를 타려고 계단을 오르내리거나 에스컬레이터를 타거나 가리질 않고 책을 읽는다. 전철 안에서는 서거나 앉거나 개의치 않고 책을 펴 든다. 양쪽 다리에 힘을 주면서 서서 책을 읽는 것도 건강에 썩 좋다.

먼 데 갈일이 생기면 책을 더 많이 읽을 수 있어 기분이 좋다. 내릴 역이 다음 역이라는 멘트가 방송 되면 더 속도를 낸다. 한 두 페이지는 더 읽어야지. 이렇다보니 아주 집중력이 배가 된다. 독서의 능률도 향상된다. 걷거나 차를 타거나 움직이는 환경에서 책을 읽을 땐 잡념을 털고 더 집중하기 때문에 머릿속에 쏙쏙 들어온다. 일주일에 대여섯 권의 책을 읽으려면 이렇게 하지 않으면 안 된다. 볼일도 보고 책도 읽고, 이동도 하고, 귀에 꽂은 스마트폰으로 음악도 듣고, 걷는 게 건강에도 좋고 이중삼중으로 득이 된다. 시간도 이삼배로 복제해서 활용하니 내겐 하루가 24시간이 아닌 30여 시간은 되는 셈이다. 시간을 이중삼중 복제해서 쓰면 책 읽을 시간은 더욱 늘어나기만 한다. 하루를 배로 복사하면 48시간이 되는데 잠자는 시간은 복사를 할 수가 없다. 음악을 들으며 책 읽는 습관이 되면 더 집중력이 증가한다. 오히려 조용한 곳에선 곧잘 잡념이 새치기해서 흩어 놓는다.

시간이 없어서 책을 못 읽는다는 말을 하는 이도 더러 있다. 나 개인적 기준으로 보면 진정 책을 읽지 못하는 이유가 시간이 없어서일까 고개가 갸우뚱해진다.

시간이 없어 책을 못 읽는다는 이에게 하루 꼭 10분씩만 읽어 보라고 권했다. 달력에다 표시를 해가며 10분씩만 읽어보라고 약속을 했다. 처음엔 약속이 지켜지지 않더니 어느 날 정신이 번쩍 들어서 달력에다 표시를 해가면서 읽었단다. 이상하게도 한 달쯤 지나니까 책 읽는 시간이 자연스럽게 20, 30분으로 늘어나더라고 했다. 요즘은 한 달에 한 두 세권씩은 읽는 셈이란다. 독서습관이 생기다 보니 욕심이 생기고 책 읽는 게 그렇게 즐거울 수가 없다고 한다. 이제 와서 생각해보니 시간이 없어 읽지 못한 게 아니라 독서 의미를 제대로 파악치 못했다고 실토하는 거였다. 수필가나 글을 쓴다는 이들도 남의 책을 전혀 안 읽는 이가 더러 있다.

언젠가는 최신형 스마트폰을 사지 않겠다고 결심한 적도 있었다. 기계에 시간 빼앗기고 싶지 않아서 옛날 삐삐 같은 핸드폰을 지니고 굳세게 의지력을 보인 적도 있었다. 명절날 집안의 꼬마 아이가 내 핸드폰을 보더니 신기하다면서 자꾸 만져 보는 거였다.

"이 게 옛날 차고 다니던 삐삐란다."

"삐삐가 뭐예요?"

모인 사람들이 다들 쳐다보고 웃지만 그 속뜻을 말하기가 싫어서 그만 두었다. 너무 시대에 뒤떨어지기 싫어서 지금은 스마트폰으로 바꿨지만.

아마 종이책도 얼마 지나면 전자책에 밀려 삐삐처럼 웃음거리가 될지 모르겠다.

내가 길을 걸어 다니며 종이책을 열심히 읽는 모습이 CCTV에 찍힌 것을 디스켓에 저장해 뒀다가 먼 훗날 보면 그것도 좀 귀물이 될지 모르겠단 생각도 든다.

나는 종이책을 열심히 읽고, 매일 종이책에 일기를 써 놓는다. 50년 이상 일기를 써왔으니 한 이삼백 년만 지나면, 아니 그보다 더 많은 세월이 지난 뒤에 자손들이 보면 참 신기한 일이라고 생각할 것이다.

'우리 몇 대 할아버지가 써둔 종이책 참 신기하지!' 혹시 이런 날이 올지도….

매일 책을 읽는 것은 내가 밥을 먹는 일, 잠자는 일과 같은 서열에 두고 있다.

'내 뇌는 뭘 먹고 살아가지?'

'가장 영양가 높은 책을 먹고 살지.'

나는 또 혼자서 중얼중얼 뇌와 대화를 한다.

자연스럽게

느티나무를 바라보고 있으려니 허무, 허전함이 새벽안개처럼 밀려온다.

"왜 그래?"

느티나무가 내게 말을 걸어온다.

"하루가 다 저물어 가는데 한 일이 너무 없는 것 같아 허전해서."

"내가 보기엔 매일 일하는 것 같은 데. 너희 인간들이 생각하는 알량한 보람된 하루란 생각 때문이지."

"그래 느티나무 네가 정곡을 찔렀구나!"

"인간인 네가 아무리 보람된 일이라고 떠들고 외쳐봐야 헛된 공상밖에 안 돼."

"그건 또 무슨 소리야?"

"나를 그렇게 자주 만나서 대화를 나누었으면서도 아직 느끼는 게 없어?"

"…."

"자연스럽게 그냥 살아 봐. 니가 기껏 보람된 일이라고 하는 건 내 자신이나 가족이나 혹은 네 명예를 위한 것들이 아닌지 곰곰 생각해 봐."

"맞는 것 같기도 한데…."

"니들 인간들이 하는 일 중에 한 가지만 예를 들어 볼까. 남을 위해 기부한다고 기부천사가 어쩌고저쩌고 해대지만 진정으로 하는 기부란 이웃집 아주머니 이름으로나 지나가는 사람 이름으로 대신 기부하는 게 낫지. 그런 걸 '자연스럽게'라고 하는 게야. 그런 인간은 니들 속에서 아직 발견 못했어. 아니 앞으로도 아마 인간의 마음으로는 불가능할 걸. 나처럼 '자연스럽게' 기부한다면 모르지만."

"허어, 그건 좀 심한 말이다. 네가 무슨 기부를 한다고 그러니."

"내가 '자연스럽게'로 기부하는 게 얼마나 많은데 그딴 소릴 하니. 봄부터 매일 한 순간도 쉬지 않고 이파리 키워 산소 만들어 너 같은 동물들에게 주지. 내 피부는 수많은 미생물들에게 양식으로 내 주지. 내 발은 또 더러운 물을 정화시키지… 나는 너처럼 일부러 내 보이는 마음이 아닌 '자연스럽게'라서 할 수 있단 말이야. 억지로 잘하는 체, 일부러 잘 보이려는 체, 일부러 남을 돕는 체… 니들 인간들 행위는 종일토록 말해도 모자랄 걸."

"그래 듣고 보니 느티나무 말이 옳은 것 같다. 자연스럽게, 자연스럽게 사는 것, 자연스럽게 돕는 것, 자연스럽게 하는 것, 자연스럽게… 알았다 알았어."

"억지로 살지도 말아야지. 남의 자식들 보다 더 잘 되려고 일부러 설치지지도 말아야지, 산다는 것 참 쉬운 거야. '자연스럽게'로만 살면 되는 거야. 잘 살려고 애쓰지도 말고 '자연스럽게'로만 살면 아주 잘 살게 되는 게야. '자연스럽게'로 사는 것이 자연스럽게 사는 것이지, 자연스럽게 살아야지!"

느티나무와 침묵대화를 하다가 마시던 찻잔을 다시 들여다본다.

'자연스럽게'란 무의식적으로 행하는 게 아니라, 거슬림 없이, 막힘이 없이, 아주 그냥, 법칙을 따르는 일이 아닐까 싶다.

우주자연의 법칙에 거슬림 없는 게 '자연스럽게'지 무의식적으로 행하는 건 아니다. '자연스럽게' 살려면 더 의식을 챙기는 일이 아닌가 싶다. 아이쿠! 커피가 식어버렸네. 무의식적이 아닌 '자연스럽게' 생각하면서 '자연스럽게' 마셔야겠다. 쌉쌀한 맛이 내 온몸의 내부로 자연스럽게 스며든다. 이것이 '자연스럽게'인가 보다.

 '자연스럽게' 산다는 건 가식 없이 물이 흘러가듯 사는 것이란다. 느
티나무의 말을 이제야 깨달을 수 있겠다.

나무처럼 자라고 싶어서

휴게실 벤치에 앉아서 커피를 마신다. 사방이 벽으로 막혔지만 유리 창문이 있어서 그나마 다행이다. 창밖에 느티나무를 한참동안 바라본다. 나와 느티나무는 어느덧 대화를 하기 시작한다.

"너는 하늘 높은 줄 모르고 위로만 크고 있니?"

"사람인 너는 위로 안 커?"

"이젠 난 더 이상 크질 않아."

"넌 항상 편견에 갇힌 사고로 나와 대화를 하려하는구나."

"그게 무슨 소리야?"

"왜 네가 지금 크지 않는다고 생각해. 매주 토요엔 삭발을 한다며 그리고 열흘이 넘지 않아서 손발톱을 자르면서도 자라지 않는다고."

"그건 그렇지만."

"나도 위로도 옆으로도 크고 있단 말이야."

"느티나무 네 말을 듣고 보니 우리 둘 다 크는 건 똑 같구나. 너를 키우는 영양식 중에선 뭐가 젤 중요하니?"

"인간인 네가 볼 땐 내가 먹는 것 중 뭐가 젤 중요할 것 같니?"

"… 물, 바람, 아마 햇빛이 젤 중요하겠지."

"큰일 날 소릴! 난 햇빛 보면 죽는단 말이야."

"뭐?"

"너같이 짧은 소견으로 나를 정확히 알겠니."

"글쎄?"

"난 말이야 위로만 크는 게 아냐."

"햇빛 얘기하다가 엉뚱하게."

"사람들은 나를 보고 아! 많이 컸다. 내가 뻗어 올라가는 줄기나 가지만 보고 감탄하지. 실은 나는 땅속으로 더 많이 커가고 있단 말이야. 밑으로 한없이 커가는 것은 니들 인간들께 겸손을 가르치기 위함인데 그걸 깨닫지 못하니 참 답답해."

"아하!"

"보이지 않는 땅속으로 뿌리를 키우는 게 인간들이 말하는 겸손이란다."

"응 그렇구나! 아까 햇빛을 보면 죽는단 말은 무슨 뜻이니?"

"내 뿌리를 땅위로 송두리째 내 놓고 햇볕을 쬐면 당장 죽고 만단 말이야."

"네가 살아가는 방법은 참으로 다양하구나. 위는 햇볕을 봐야 하고 밑은 볕을 보면 죽는다니 참 신기해."

"인간들도 마찬가지 아니니?"

"뭐가?"

"인간들이 좋다고 기뻐할 때는 햇빛이고 반대로 우울해지고 슬퍼할 땐 밤처럼 어둡이고 빛없는 땅속과 같은 거 아니겠니."

"그래도 난 좋은 것만 좋지 슬프고 우울하고 어두운 건 싫어."

"그러니까 늘 너는 하나만 알고 둘은 모른다지. 인간이 슬픔과 우울과 고통을 겪어야만 행복의 참맛을 잘 알 수 있는 거란다. 그래서 네들에게도 밤이 있고 밝은 낮이 찾아오는 거야. 내가 땅 속에 뿌리처럼 어둠이 있고 줄기나 가지처럼 낮이 있는 건 내가 존재하는 조건이야. 어둠만 있거나 낮만 있어도 너희들이 살 수 없는 것과 같은 이치란 말이야."

"아하, 그렇구나. 지금부터 괴롭고 우울해서 한탄하고 즐겁고 행복하다고 너무 좋아할 일이 아니구나."

"그렇지 내가 지금 살아가는 모습대로만 살면 돼."

"알았어. 정말 내 맘이 평온해지는 것 같다. 고마워."

"늘 내가 얘기했잖니. 침묵하라고, 나처럼 침묵하며 살아 봐."

"알았어. 침묵은 할 말만 하는 거라고 네가 가르쳐 줬지. 묵언은 침묵보다 다르다했지. 오래토록 말하지 않는 건 아니고 꼭 해야 할 말을 하기 위해서 말 하지 않는 게 묵언이라 했었지."

"그래그래. 이젠 제법이구나. 우리가 만나서 묵언대화한 지도 꽤 오래 됐지."

"그렇지. 바쁜 일 제쳐놓고 널 만나러 매일이다시피 왔잖니."

"잘 가."

"응 또 올게."

나는 작별 인사를 하고 느티나무 곁을 떠나온다. 휴게실 밖으로 나온다. 어둠이 깔린 시간이지만 햇볕이 내 영혼 깊숙이 스며드는 느낌이다. 내 뿌리도 이젠 느티나무처럼 잘 자라겠지. 뻗어가는 내 안의 내가 보인다.

내 뿌리가 우주 속으로 점점 뻗어나가는 느낌이 든다. 아하!….

수다의 원죄

늘 다니던 가게 앞을 지나려는데 시끌벅적한 소리가 들려온다. 동네 여자들이 자주 있는 일들이지만 오늘따라 톤이 높아서 멀리까지 울려 퍼지는 수다다. 내 머릿속에선 불쑥 이야기 한 토막이 여자들 수다처럼 짜깁기를 시작한다.

금실 좋게 사는 부부가 있었다. 남편에 비해 아내는 정말로 자발없는 수다쟁이였다. 남편이 병이 위중해서 죽음이 가까웠다. 남편은 병문안 온 친구들에게 내가 얼마 안 있어 죽을 거라고 하면서 간곡히 한 가지 부탁을 한다고 했다.

"신이 내게 말하면서 명령을 따르라고 했다. 내가 죽으면 2주일 동안 건들지도 말고 내 집에 그대로 두게. 그리고 아무도 나의 죽음에 대해 슬퍼하거나 울어도 안 되네. 지키지 못하면 나는 깨어나지 못하네. 그리고 누구도 내 몸에서 나는 냄새에 대해서 말로 떠벌려서도 안 되네. 이것만 잘 지켜준다면 3주째에 내가 다시 깨끗한 몸으로 살아날 걸세."

이런 말을 남기고 그날로 남자는 죽었다.

사람들은 그 집 문을 잠그고 아무도 울거나 슬퍼하지 않았다. 모두 호기심을 가지고 무슨 일이 일어날지 대기하고 있었다. 2주가 가까워 오자 죽은 집서 아주 심한 냄새가 나기 시작했다. 그런 중 한 날은 죽은 남자의 아내가 아침 일찍 일어나 평상시처럼 여기저기 돌아다니며 수다를 떨었다. 원체 수다를 좋아하는 부인이라 남편의 시체에 대한 이야기를 하기 시작했다. 그녀가 입을 열기 전에는 아무도 그에 대해 언급했던 사람이 없었으니 동네 사람들은 부인의 말을 막으려고 했다. 그때 하늘에서 우렁찬 소리가 들려왔다.

"조금만 조심했더라면 그가 살아 돌아올 것인데 이젠 영원히 살아나지 못할 것이다!"

이 말을 듣고 나서 아내는 슬퍼하며 문을 열어보자고 했다. 열어보니 역시 죽은 사람은 완전히 변해버렸다. 냄새도 더 심해지고 엄청나게 썩어버렸다.

"너희는 경고를 지키지 않았다. 그래서 이제 너희의 친구는 다시 돌아올 수 없게 되었다. 그리고 앞으론 너희 모두도 이렇게 될 것이다. 누구든지 죽으면 영원히 살아나질 못하리라!"

이런 신의 목소리가 들려왔다. 사람들은 무서움에 떨며 분노했다. 여자 때문에 인간에게 죽음이 왔다고 원망하기 시작했다. 결국 시체를 천으로 싸서 땅속에 묻었다.

이런 설화가 바탕이 되어 오늘날까지 사람 사는 세계에서는 죽어서 살아온 사람이 하나도 없다고 한다. 입이 궁금하고 호기심이 많은 인간은 이렇게 해서 죽음을 지니고 살게 되었다는 것이다.

이 설화가 허황된 이야기라고는 하지만 말 많은 오늘날 인간세상에서 한 번쯤 되새겨볼 만한 이야기가 아닌가 싶다.

침묵은 금이다. 수다는 침묵을 해치는 독극물이라고나 할 수 있겠다. 수다가 스트레스 해소의 처방약이 될 수 있다고는 하지만 우리는 '수다'란 이 두 글자를 늘 마음에 아로새기며 살아 보는 것도 나쁘지 않을 듯싶은 생각이 든다. 침묵과 묵언이 자꾸 머릿속을 맴도는 건 가게 앞에서의 수다 속에 누군가를 욕까지 해대는 험악한 소리 때문인가 싶다.

일없이 서 있는 우산

　현관문 밖 구석에 세워진 우산이 선뜻 내 시야로 다가 온다. 매일 그 자리에 있었던 게 왜 오늘따라 유난히 내 시선을 끄는 걸까. 가뭄이 계속 되는지라 할 일이 없어서 내게 시비를 거는 건 아닐 테지. 할 일없는 우산이 외출하는 나를 자꾸 상상의 골짜기로 밀어 넣는다.

　우산은 자기만이 차지할 수 있는 고유한 자리에 머무르고 있다. 다른 물건은 흉내도 낼 수 없는 일을 하는 고유한 일을 하는 우산이기도 하다.

　우산처럼 남이 흉내 낼 수 없는 고유한 일을 할 수 있는 게 내게도 있을까. 나 혼자만 잘 할 수 있는 게 있을까를 곰곰 생각해 보며 산책길을 나선다.

　누구나 자신만이 잘 할 수 있는 일, 자신만이 가지고 있는 게 있을 게다. 길을 걸으며 나 혼자만 가지고 있는 게 얼마나 있을지를 셈해 본다. 지구상에서 내 것이란 게 얼마나 될까. 나는 또 뭘 잘하는 사람이냐고 자문도 해본다.

　나는 한 우물 파기보다 섞어 파고, 섞어 생각하고, 섞어 사는 게 좋다. 미식가는 아니지만 그냥 섞어찌개나 만들어 먹는 식으로 살고 싶다. 섞어인생을 살고 싶어서 말이다. 한 우물만 파다가 물이 나지 않으면 그만이 아니겠는가.

　이런저런 생각이 꼬리에 꼬리를 물고 따라 오르지만 명답을 찾을 수가 없다. 내가 나를 이렇게 모르다니 참 한심하단 생각마저 든다. 가장 가까운 나를 제대로 알아 확답을 해주지 못하니 더 답답하기만 하다. 나에 대해 선뜻 대답을 해줄 수 있는 준비가 되지 못한 자신이 참 어이없구나. 아무리 생각해봐도 붙어 있는 목숨밖에 없는 것 같다는 생각이 또 일어난다.

부처님, 예수님, 하느님, 천주님, 천지신명님이 우렁찬 소리로 꾸짖을지 모르겠다.

'어찌하여 붙어 있는 목숨이 네 것이더냐!'

이렇게 꾸짖어도 할 말이 없겠지. 평소엔 있는 듯 없는 듯 다소곳이 놓여있는 우산은 비만 오면 후딱 나선다. 나도 바보처럼 가만히 있다가도 요긴한 일에 우산처럼 선뜻 나설 수만 있다면 얼마나 좋으랴. 비가 오지 않을 땐 있는 듯 없는 듯 있다가도 말이다.

여기저기 함부로 나서지 않는 우산처럼 산다면 좋겠다. 안다고 나서지도 말고, '내 여기 있소' 하고 함부로 입 열지 말고, 잘난 체 나서지도 말고, 비오지 않는 날 우산처럼 다소곳이 한 자리에 있다가 비를 막아주는 우산 같은 인간이 될 수 있는 방향으로 한 걸음이라도 걸어갈 수 있다면 좋겠다. 비올 때 우산처럼 꼭 필요한 자리에 누군가가 손을 내밀면 말없이 응해주는 사람이 되었으면 얼마나 좋으랴.

집을 나가려다말고 구석에 세워진 우산을 바라보고 섰던 모습이 머릿속에서 쉬 지워지지 않고 산책길 내내 여운으로 감돈다.

'나도 너처럼 할 수 있다면 정말 좋겠구나.'

구시렁거리며 산책길을 걷는다.

모자람

살아있는 사람에게는 늘 욕심이란 게 악마처럼 진날 진흙처럼 질척거리며 따라 붙는다. 내가 갖지 못하면 남이 가질까 봐 안달이 나서인 경우가 많다. 남보다 먼저 차지하지 못하면 불안해지는 것도 욕심이다. 나와 남이 갖고도 충분히 남아돈다면 무슨 탐욕을 부리겠는가.

모든 이들이 아무리 많이 가져가도 남아도는 세상이라면 정말 공평할 것이다. 넓은 초원에 푸른 잔디밭을 바라보고 있으려니 이런 생각들이 봄날 아지랑이처럼 피어오른다. 드넓은 초원에 잔디가 새파랗게 깔려 있다. 잔잔한 푸른 바다로 착각까지 든다.

저 푸른 초원도 누군가 임자가 있을 게다. 누군가가 가져갈까 봐 등기문서에 단단히 표시해 놨을 게다. 하지만 지금 내가 보고 즐기고 있는 저 아름다움까지 등기해 놓지는 못했을 게다. 보고 또 보고 넘치도록 즐겨도 남아도는 저 아름다움을 누가 막을 손가. 그뿐이랴, 따스한 태양 빛은 얼마든지 차고 넘치도록 즐길 수 있고 이용할 수 있다. 또한 가질 수도 있다. 그것으로 농사도 짓는다. 아름다운 화원도 가꾼다. 소채도 가꾸어 먹는다. 맘껏 사용해도 남아도는 게 세상엔 참으로 많다.

일조권을 해친다고 다투는 경우도 간혹 있지만 희소한 일이다. 사용하고 또 사용해도 남을 만한 햇볕이 아니던가. 빛이 없으면 우리는 살아갈 수가 없다. 햇볕이 없으면 풍족한 생활을 누릴 수가 없다. 아니 살아갈 수가 없을 게다.

등기해 놓지 않은 햇볕은 누구나 마음껏 즐길 수 있다. 맘껏 사용할 수도 있다. 모두가 주인이라고 나서도 남아돈다. 이런 생각을 하며 산 꼭대기에 올라와 있는 나는 지금 세상을 다가진 느낌이다. 지구별에서 제일 부자다. 아아, 정말 행복하다!

지구상에 있는 모든 인류가 가져가도 모자람이 없는 이 햇볕. 아름다운 풍경도 욕심 많은 이가 독차지해서 가져가지 못한다. 이것도 내 것이다.

산천경개의 아름다움을 누리고 또 누려도 모자람이 없다. 신선한 산소를 내뿜는 이 산도 남이 가져가지 못하게 문서로 표시해 놓았을 게다. 하지만 지금 이 순간은 내 것이다. 문서상 주인이라고 지금 내가 즐기는 이 산을 빼앗거나 방해하지는 못할 게다. 정말 나는 부자다. 이 순간만은 세상에서 제일 부자라고 느껴진다.

세상엔 모자람이 없이 남아도는 게 너무너무 많구나. 공기는 모자라지 않는다. 아무리 독차지 하려고 해도 할 수 없다. 차고 넘친다. 게으르거나 부지런하거나 따지지 않고 고루 배급해 준다. 맘껏 사용해도 탓할 이가 없다.

모자라는 것도 많다. 돈은 모자란다. 공기처럼 많다고 해도 모자랄지 모르겠다. 그렇게 많다면 세상살이가 더 힘들지는 곰곰 따져봐야겠다. 명예도 권력도 모두 공기처럼 많다면 좋을까, 오히려 나쁠지도 모르겠다. 나는 이제부터 모자람 없이 차고 넘치는 것에 애착을 더 가지련다. 모자라는 것에 집착해 봐야 내 차지가 되지 못하는 것이 너무 많아서다.

지금 내가 저 드넓은 초원을 바라보면서 한없는 행복감을 느끼는 이 감정은 누가 빼앗아 갈 수 있으랴.

아! 차고 넘치는 걸 맘껏 누리고 나서도 남아도는 이 자연의 아름다움, 산꼭대기에 올라와 있는 지금 이 순간이 나는 너무너무 행복하여라.

길바닥에 박힌 돌멩이

골목길을 무심코 걷다가 툭 걸려서 넘어질 뻔했다. 자세를 바로 잡고 나서 뒤돌아보니 길바닥에 뾰족한 돌멩이가 튀어 올라와 있다. 아무리 생각을 해 봐도 없었어야 할 곳에 있는 돌멩이다. 사물이 없어야 할 곳에 있는 경우를 종종 보면서도 그냥 무심코 흘러버렸는데 오늘은 자꾸 그 생각을 하게 한다.

누구나 세상을 살면서 길바닥에 걸려 넘어질 번한 돌멩이 같은 사람을 만난 경험이 한 두 번이 아니리라 생각된다. 없어야할 자리에 있는 것도, 있어야할 곳에 없는 것도 또한 불편한 일이다.

세상엔 꼭 있어야할 사람이 있는가 하면, 길바닥에 툭 튀어 올라온 돌멩이처럼 남에게 오기를 부리는 이도 더러 있다. 저런 사람은 세상에 태어나지 말았으면 싶을 정도로 염치없는 이를 만날 때도 더러 있다. 일시적인 성욕을 참지 못해서 아이를 성폭행하고 무자비하게 죽이는 사람이 구속됐다고 텔레비전에서 뉴스를 하고 있다.

길바닥에 박힌 돌멩이는 지나가는 사람이 조심하면 무사할 수 있다. 조심을 해도 달려들어 망가뜨려버리는 인간은 길바닥에 뾰족한 돌멩이보다 못하단 생각이 든다. 한 평생 살아보지도 못하고 죽어가는 아이가 불쌍하다. 범행을 저지른 사람에겐 사형을 시켜서는 안 된다는 인권운동단체도 있다. 전적으로 그런 이들이 틀린 건 아니겠지만 자기의 부인이나 자녀나 친형제자매가 그런 일을 당해도 인권운동에 앞장설 수 있을까부터 한 번 쯤은 생각해 본 뒤에 그런 운동을 하는 것도 좋으리란 생각이 자꾸 드는 건 내 속 좁은 편견일까. 아니면 무참히 죽어간 아이 때문에 일시적으로 드는 생각일까.

옛날에 혼자서 객지에 돌아다닐 때 정말 슬픈 일도 많이 겪었다. 겨우 보증금을 걸고 월세를 낼 때였다. 밖에 나갔다가 밤늦게 도착해서 벨을 아무리 눌러대도 문을 열어주지 않는다. 몇 번이고 한데 잠을 잔 적이 있었다. 사람이 있으면서도 늦게 오면 절대로 문을 열어주지 않는 집 주인. 불은 켜져 있고 웃음소리도 들리는데도 문은 열리지 않는다. 같은 집에 살면서 마당에서 마주쳐도 말을 거는 법이 없다. 여러 날이 되어도 이야기를 한 번도 붙여보지 못했다. 그야말로 길바닥에 뾰족한 돌멩이를 보듯 늘 주눅만 들었다. 이사를 가야겠다고 운을 뗐더니 그날로 나가라며 보증금을 내 주는 거였다.

급한 김에 전농동 홍등가 근처에 싼 집이 있어 세를 얻으려니 전세란다. 비상금 다 집어넣고 전세를 계약했다. 3일이 있으면 이사를 가기로 한 것이다. 이사 가는 날 일찍 가보니 마당에 사람들이 가득 차 있었다. 웃옷을 벗고 아주 고약하게 인상을 찌푸리고 있는 사내도 있었다. 알고 보니 주인이 이중 삼중으로 전세를 뽑고서 도망을 가버렸는데 자기 집도 아니고 월세를 얻은 독채를 여러 사람에게 방마다 전세를 놓고 도망간 사연이다. 이번엔 내 앞에 더 큰 돌멩이가 박힌 꼴이다. 또 돌멩이에 걸려서 넘어지고 말았다.

살다보면 없었으면 좋았을 사람이나, 사물을 만날 때마다 그들을 원망을 하면서도 내 자신은 절대로 없어야 좋을 사람이 되지 말자고 다짐하곤 했다.

뾰족한 돌멩이에 걸려 넘어질 번한 순간 흘러버린 지난날들이 주마등처럼 흑백필름으로 펼쳐진다. 내 인생길에 박힌 돌멩이를 자세히 관찰하며 걸어야겠다. 길바닥에 박힌 돌멩이는 절대로 되지 말아야겠단 생각과 함게.

마음 다이어트

텔레비전이나 신문지상에서 다이어트에 관한 기사나 뉴스를 볼 때마다 나도 다이어트를 해야겠다는 다짐을 하곤 한다. 내 껍데기야 다이어트할 일이 없겠지만 속을 다이어트 하고 싶어서다. 내 욕심의 무게가 너무 나가는 것 같아 다이어트를 해야 하겠다.

마음보가 너무 심술 쪽으로 살이 더 많이 찔까 봐서 미리 다이어트 해야겠다. 갖고 싶은 욕심도 많이 털어내면 날씬해서 홀가분해질 것 같다. 내 내부를 다이어트하면 남에게 양보도 잘 할 수 있을 것이다. 이기적인 생각을 다이어트하고 이타적인 마음을 많이 갖는다면 날씬해질 게다. 아는 체 하는 것도 다이어트 해야겠다.

겨우 5를 알고 있으면서 50쯤 알고 있는 것처럼 군살이 덕지덕지 쪄있는 게 느껴질 때가 많다. 5십 개를 알지만 5개쯤 안다고 생각하면 마음은 더 날씬해지리라.

생각하고 또 생각해보니 내 맘속에는 너무 많은 군살이 쪄 있다. 내 마음눈에도 너무너무 많은 기름덩어리가 뒤뚱거리고 있는 게 보인다. 마음속 군살들은 편견을 만들어 나를 더욱 오만하게 만들어가고 있다. 홀홀 털어버리려고 다이어트 하리라. 명상과 사색으로 찬찬히 나를 관조하다보면 다이어트가 잘 되어가는 느낌이다.

몸뚱이인 껍데기엔 살이 좀 쪄있더라도 맘속을 다이어트 하면 내 인생은 좀 더 홀가분하리라. 내가 마음 다이어트에 대해 깊이 느끼고 있는데 텔레비전에선 때마침 다이어트 프로그램을 방송하고 있다.

외관상으론 다이어트가 필요 없을 정도의 여성이 살을 빼야겠다고 야무지게 설쳐댄다. 각오가 대단하게 보인다. 저 여성은 자신의 내부는 다이어트를 할 일이 없을까. 괜히 남의 일에 참견을 하고 싶어서 그런 생각 속으로 빠져든다.

마음속에, 정신 안에, 생각에 쓸데없는 비계덩어리를 안고 살면서 겉으로 다이어트 하는 건 썩 좋지 않을 거란 생각이 들어서다.

하낫 둘 하낫 둘. 다이어트 하느라고 고생고생 하는 젊은 여성들이 조금 안쓰럽다는 생각까지 든다. 텔레비전 프로에서는 열심히 몸 다이어트를 진행하고 있고, 나는 가만히 앉아서 내 맘속 다이어트를 진행하고 있는 중이다.

'이것도 버려야 한다. 저것도 버려야한다.' 구령에 맞춰 나도 다이어트를 진행하고 있는 중이다. 얼마나 더 있으면 나도 저 여성들이 날씬한 몸매를 많은 사람들에게 자랑 할 만큼 내 마음도 어느 곳을 가나, 누구를 만나나, 자신 있게 군더더기 없는 멋진 마음을 보여줄 수 있을까!

생각하고 또 생각하며 다이어트를 진행한다. 이렇게 계속 하다보면 반드시 내 내부에 있는 쓸데없는 군살덩어리들이 다 떨어져 나가고 날씬 해지리라. 다이어트를 성공해서 뽐내고 싶은 여성들보다 더 즐거울 것이라고 기대하며 나의 내부 곳곳을 관조한다.

내가 가만히 앉아서 다이어트 하는 것과 텔레비전에서 안간힘쓰며 다이어트 하는 분들과 누가 더 효과가 빠를까 시합이라도 하듯이 나를 관하며 버릴 것을 찾아낸다. 텔레비전 속의 여인들보다 내가 더 빠를 거라는 자신감이 우러난다.

'다이어트 참 즐거운 겁니다. 우리 다 같이 멋지게 다이어트 한 번 해 봅시다!'

소리치고 싶은 걸 내 뇌가 벌써 눈치 채고서 먼저 중얼거린다.

그냥 놔두기

　개 주인이 개를 쓰다듬으며 털을 고르고 있다. 눈을 지그시 감고 사색에 잠긴 철학자 표정인 개가 더 할 수 없이 행복해 보인다. 털을 고르는 노인의 느릿한 손이 마른 삭정이 같다. 빗이 쓸고 지나갈 때마다 잔털이 뿌옇게 날아오른다. 아침이면 비닐봉지를 들고 개를 몰고 다니는 광경을 자주 본다. 아주머니 한 분이 개 줄을 잡고 골목길을 걸어온다. 사람이 개를 몰고 가는 건지 개가 사람을 몰고 가는 건지 불분명하다.

　골목에 작은 세탁소 탁자 위에 애완용 개가 댕굴 올라가 앉아 있다. 주인은 이따금씩 그윽한 눈으로 개를 바라보면서 다림질을 한다. 세탁소 앞을 지나면서 자주 목격하는 일이다. 모두 개에게 꼭 묶여 있다는 느낌이 든다.

　줄을 잡고 개 뒤를 졸졸 따라가는 아주머니를 보니 개를 기르던 때가 생각난다. 출타 중에도 내 맘의 반은 개에게 묶어두고 다닌 셈이었다. 밖에 나와 똥오줌 누이는 일, 빗질로 털 고르기, 목욕시키는 일 등 정말 번거로운 일이다. 외출에서 돌아오면 개가 꼬리를 치면서 갖은 아양을 떠는 수작 때문에 마음을 홀딱 뺏기곤 한다. 개가 없어진 지금 생각해보니 보통 힘든 일이 아니었구나 싶다. 개에게 마음을 반이 아니라 전부 빼앗겼던 것 같다.

　애완용 동물을 기른다는 건 마음을 뺏기는 일이다. 취미를 즐긴다는 것도 결국엔 취미에게 맘을 뺏기는 일이다. 도박을 즐기는 이도 마음과 정신을 온통 빼앗긴다. 연인끼리 사랑에 흠뻑 빠졌을 땐 모르다가도 헤어지고 나면 뒤늦게 보이는 사랑의 마음이다.

가정에서 사용하는 각종 가구나 물건들은 제 자리에 가만히 놔뒀다가 필요할 시만 사용한다. 그것이 값비싼 물건일수록 사람 맘을 빼앗는다.

돈도 가정에 쓰는 물건처럼 가만히 뒀다가 사용만 하면 좋으련만 그러기가 참 힘 든다. 마음과 정신, 몸뚱이까지 온통 앗아버리는 못된 버릇을 지닌 게 돈이기도 하다.

사람이 사람을 가만히 놔두는 일도 쉽지 않다. 사랑하는 사람끼리는 서로 가만히 놔두기가 어렵다. 가족끼리도 애장품처럼 집착하다가 싸우기도 한다. 친구사이도 마찬가지다. 사람도 물건처럼 있는 듯 없는 듯 놔두면 좋으련만.

직위는 어떨까. 대통령이란 직위도 제자리에 가만히 두고 필요할 때만 사용하면 좋을 게다. 집착의 도가 지나쳐 권좌에서 쫓겨 외국으로 도망간 전직 대통령도 있었다. 필요 이상으로 권력에 집착하다가 퇴임 후에 감옥살이를 한 전직 대통령도 있다.

권력의자도 집에서 사용하는 의자처럼 제 자리에 두고 사용하다가 곱게 반납하면 탈이 없을 게다. 용도에 맞지 않게 물건을 사용하면 빨리 망가지기 십상인 것처럼 직위나 권력도 마찬가지가 아니겠는가.

나는 '나'를 가만히 두기 위해 매일 명상하고 사색한다. 일상에서 사용하는 물건처럼 가만히 놔두려면 마음을 매일 닦아야 한다. 몸도 제자리에 가만히 두는 연습을 열심히 해야 한다. 마음도 그냥 자연스럽게 놔두면 편안해서 참 좋다.

생각과 정신도 아무런 걸림 없이 놓아 둘 수만 있다면 얼마나 좋으랴. 이 세상 떠나갈 때는 어느 것 하나 가져갈 수 없이 모두 두고 가야 할 것인데 미리 놔두는 연습이나 열심히 해 볼까 보다.

도道닦기

매일 아침저녁 하는 세수는 거의가 무의식적으로 하게 된다. 손을 어떤 방향으로 움직이는지, 몇 번이나 물을 떠올리는지 찬찬히 관찰하면서 세수를 해 본다. 밥은 몇 번이나 씹는지, 뱃속으로 들어가는 모습을 심안으로 관해보면서 먹어본다. 음식이 분해되어 영양분으로 바뀌고 피와 살이 되어 에너지로 생성되는 과정을 마인드맵을 그리며 끝까지 따라가 본다.

평소에 무심코 즐겨 마시던 커피를 타며 뜨거운 물에 어떻게 녹는지를 찬찬히 살펴본다. 커피 잔을 입에 대며 촉감을 의식적으로 느껴본다. 커피가 분해되어 모세혈관까지 흘러들어가는 경로를 하늘에 떠 있는 구름처럼 심안으로 그려본다. 피로에 지친 세포들을 깨워나가는 모습을 관조의 눈이 따라가며 바라보니 일시에 피로가 확 풀리는 느낌이다.

약을 복용할 일이 있으면 약이 몸속에 들어가서 금방 병이 낫는 모습을 그려보며 먹자고 뇌를 깨운다. 그렇게 정신을 가다듬고 의식적으로 먹으면 실제로 효력이 금방 나는 게 느껴진다. '아무렴 그렇게 빨리 효과가 날려고?' 내 곁에서 의심하는 질문을 하며 부질없는 짓이라고 핀잔할지도 모른다. 나는 그럴 땐 이런 대답을 해주고 싶다. '당신이 독약을 한 번 먹어 보고난 뒤에도 그런 소리를 할 자신이 있나요?'라고 반문하고 싶다.

소주, 우유, 커피 한 잔이건 일단 목구멍으로 넘어간 후엔 크든 미미하든 인체엔 변화가 꼭 일어나게 마련이다. 목마를 때 한 모금의 물이 생리적인 변화가 즉시 나타나는 걸 느낀다. 마음과 육체의 변화를 느낀다. 음식을 먹거나, 사소한 행동 하나에도 유심히 관하면 생리적인 반응이 호수에 돌을 던져 파장이 일듯 무수히 뻗어나가는 게 느껴진다.

모든 상황을 마음눈을 크게 뜨고 환히 바라보면서 단 하루만이라도 살아보고 싶지만 쉬운 일은 아니다. 도를 닦는 마음으로 집중해서 하루를 지낸다면 모르지만. 심안이 크게 뜬 앞에는 심리학, 과학, 철학이 보인다.

지금 나는 에어컨의 바람을 쐬고 있는 중이다. 더위와 찬 공기와 내 몸의 변화를 관하니 마음눈이 더 번뜩인다. 뇌가 매우 즐거워한다. 지식을 뇌 속에 넣는 것이 보태는 것이라면, 도는 가득 찬 뇌 속을 하나하나 덜어내는 작업이 아닌가 싶다.

무의식적인 일이 일어나고 있는 걸 알아챌 때마다 자동행위에 제동을 걸어본다. 몸의 자동운전에서 수동운전으로 바꾸면 심안이 활발해진다. 먹는 일, 숨 쉬는 일, 걷는 일, 읽는 일을 심안으로 보는 것이 내가 행하는 일종의 도道다.

도를 조금이라도 챙기며 보낸 하루는 뿌듯함이 느껴진다. 지식으로 세상을 살아가기보다는 심안을 크게 뜨고 나를 보면서 살고 싶은 마음이다. 하루가 아닌 단 한 시간이라도 집중해서 나를 관하며 살고 싶다. 의식적으로 사는 방법은 뇌와 대화를 하는 게 제일 좋다. 청소하며 뇌에게 말을 걸기 시작한다.

"뇌야, 집안 청소를 하고 나면 기분이 어떠니?"

"정말 개운하지."

"지금은 운동하기 싫지만 끝냈을 때는 기분이 어떨까?"

"아주 뿌듯하고 흐뭇하지."

뇌와 이런 대화를 하다보면 금방 게으름이 사라지고 일하는 게 즐겁다. 무엇인가 한다는 건 변화를 만드는 일이다. 고치거나 만들거나 쓸거나 닦거나 심거나 파내거나 쌓거나 허물거나, 이런 모든 과정들은 변화로 나타난다. 변화되어가는 과정을 관찰하며 행하다 보면 하고 있는 일이 어렵다거나 힘들다는 생각이 일시에 사라진다. 이런 것들이 내가 행하는 도다.

'도道'란 마음눈으로 모든 행위를 보면서 실행하는 삶의 전부라고 말하고 싶다.

실전 한 번 없이 평생 연습만

물고기를 보고 헤엄치는 잠수복을 만들어 물속을 헤집고 다녔다네.

새들의 날개가 부러워 행글라이더 만들어 타고 비행기 만들었다지.

두더지에게 배워서 지하로 차를 타고 다니고 땅굴을 파서 집짓고 산다네.

앞발로 긁어대는 사마귀한테서 전수받은 기술로 포클레인을 만들었다지.

제 자리에 가만히 있으면서도 잘 살아가는 나무에게 공부해서 침착하게 자신을 다스리는 도를 배웠다네.

침묵하는 바위에게서 묵언으로 수행하는 도를 배운답니다.

만물을 먹여 살리는 일을 하는 흙에게서 남을 도우면 내가 잘 산다는 봉사의 지혜도 배운답니다.

온 세상을 밝게 만드는 빛에게서 밝은 지혜를 배우려고 애를 쓴답니다.

천지자연 만물이 스승인 줄을 깨닫고 배우고 또 배우려고 애를 씁니다.

익히고 행하는 것은 도입니다.

배우기만 하여 지식을 많이만 가지면 우쭐대기 십상입니다.

지식을 많이 비워버리면 매사에 고마움을 알게 됩니다.

매사에 고마움을 아는 건 겸손이기도 합니다.

겸손은 원래 없었답니다. 본성과 실체를 아는 것이 겸손이기 때문입니다.

삼라만상이 스승인 걸 깨닫지 못해 겸손이란 단어가 생겨난 겁니다.

배우는 걸 설 배우면 법을 제대로 알지 못해 잘난 체만 하게 된다지요.

인간이란 동물은 도처에서 스승을 치받고 불경을 저지르는 짓을 서

습지 않는데 모두가 설 배움에서 오는 겁니다.

똑바로 배워서 그 법에 이르면 세상이 똑 바로 보입니다.

배운 걸 곧바로 행할 줄 아는 이는 참사람이 된답니다.

자기 사진을 보고 자기라고 우겨대지만 사진일 뿐 자기는 아닙니다. 내장도 없고 두뇌도 없고 간도 쓸개도 없는 그냥 그림일 뿐입니다. 영혼이 없기에 자신이 아닙니다. 그냥 사진이라고만 생각하면 됩니다.

악취가 풍기는 세상을 피해가며 자기를 닦는 사람은 천지만물을 보는 눈이 뜨인답니다.

참인간이 아닌 인간들은 참인간을 만나면 그를 기인이라고 우겨댑니다.

참인간은 참인간일 뿐이지 절대로 기인은 없습니다.

천지만물을 알고 천지만물을 따라서 배우려는 사람이 참인간입니다.

옳게 배우고 옳게 행하는 인간이 당신은 되고 싶지 않습니까.

인생살이는 원래부터 연습이 없이 일회용이라고들 합니다만 계속 연습만 하다가 그만 두는 게 인생살이가 아니라고 누가 장담하겠습니까.

오늘도 보는 연습, 행하는 연습, 생각하는 연습, 남을 대하는 연습을 한 하루였나 봅니다. 이러다보니 보는 눈, 남을 대하는 행위도 조금씩은 뜨이는 것 같습니다만.

삶이 나아져가는 사람들은 일컬어 철이 들었다고들 합니다만 철이 들면 인생연습도 모두가 끝나게 됩니다.

우리는 언제까지 연습을 위한 연습에만 몰두해야 할지 정말 알 수가 없는 일입니다.

인생살이가 말입니다.

하면서….

뇌 깨우기

　도서관에만 오면 커피 한 잔을 빼들고 늘 앉아 쉬는 벤치에서 습관처럼 창밖을 내다보곤 한다. 나뭇가지들이 바람에 휩쓸려서 몹시 휘청거리고 있다. 비바람이 나무들을 잠시도 쉬질 못하게 흔들어대고 있다. 휴게실에 있는 사람들도 오늘따라 창밖의 나무처럼 가만히 있질 못하고 유난히 떠들어댄다. 나는 상대적으로 떠드는 게 싫어 조용히 앉아 창밖만 내다본다. 화분의 옥잠화는 잎사귀 하나가 부러진 채로 고개를 푹 숙이고 있다. 무심코 지나던 사람에게 걸려서 부러진 모양이다. 팔 하나가 부러져 아프겠지만 부러트린 사람은 의식치 못하고 어디선가 이 시간에도 부지런히 움직여대고 있겠다 싶다. 화분에 심어진 옥잠화와 벤저민은 나처럼 가만히 있는 것처럼 보인다. 하지만 흙속에선 생을 지탱하려고 한 순간도 쉬지 않고 영양공급에 힘쓰고 있을 게다.

　내 몸뚱이는 벤치에 조용히 얹혀있지만 내부의 생각은 비바람에 흔들리는 나무처럼 요동치고 있는 중이다. 생각 하나가 떠올랐다간 금방 사라지고 또 다른 하나가 불쑥 디밀고 올라온다. 생각조각들은 일어났다간 금방 사라지곤 한다. 커피를 한 모금 마시고 나서 생각을 몰아내려고 시도해 본다. 무심에 빠지기가 정말 쉽잖다. 생각을 통제하려는 걸 눈치 챈 듯 더 나부댄다.

　작전을 바꿔본다. 오른 쪽 다리를 왼쪽 무릎위에 꼬아 얹는다. 그 위에다 뜨거운 일회용 커피 잔을 조심스레 올려놓는다. 아슬아슬한 상황을 만들어 놓으니 일시에 분주하던 생각들이 사라지고 정신집중이 된다. 깜빡 하는 순간에 다리를 움직였다간 낭패를 당할 일이다. 누군가가 지나가다가 툭 건드리면 뜨거운 커피가 쏟아질 걸 알아챈 뇌가 더 몰입한다. 하찮은 일에도 긴장을 느끼게 하면 뇌는 어김없이 호기심이 발동해 깨어난다. 뇌를 깨우려고 위험한 행위를 곧잘 만드는 버릇이 내겐 있다.

꼬마 둘이 엄마를 앞서 홀떡홀떡 뜀걸음으로 내 쪽으로 다가온다. 뇌가 잔뜩 긴장한다. 앞서 달리던 애가 내 발끝을 건드리는 순간 반사적으로 내 오른손이 컵을 꽉 잡았다. 뜨거운 커피 잔이 기우뚱거리며 발끝으로 커피가 조금 튄다. 정말 아찔한 순간에 생각들이 완전히 해체되어 버린다. 나는 이렇게 한 번씩 혼겁을 느끼게 하는 놀이를 즐기곤 한다. 뇌가 즐거워하기 때문에.

타성에 젖은 습관이 시키는 대로 놔두면 뇌가 한없이 나태해지는 걸 방지하기 위해선 위험한 짓을 한 번씩 해보는 것도 좋다. 전자레인지에 우유를 데울 때도 80초 예약을 해두고 눈을 지그시 감는다. 숫자로 내려 세면서 끝나는 시간을 맞춰본다. 80에서 내려 세면서 0까지 이르러 눈을 뜨면 꼭 같이 맞아 떨어지는 경우엔 뇌가 즐거움을 느낀다. '잘했어!' 칭찬 한 마디 해주면 다음부터는 더 정확하게 맞춰내기도 한다. 만약 집중을 못하고 건성으로 세면 빠르거나 늦어진다. 우유를 데울 때 무심코 80초를 기다리기보다는 뇌에 자극훈련을 시키면 짧은 시간을 유익하게 활용할 수 있다. 뇌는 자극을 주지 않으면 퇴화되기를 습성화 한다. 특별하게 따로 시간을 낼 필요 없이 일상에서 뇌에 자극시키는 방법은 많다.

뇌와 이런 저런 대화를 나누다보니 커피 잔엔 어느새 차가운 공기로 가득 차버렸다. 창밖엔 아직도 비바람이 나뭇가지를 흔들어대고 있다. 내 뇌도 나무처럼 흔들리다가 나의 장난에 잠시 무심으로 돌아와 있다. '뇌에 장난걸기'가 참 재미있다고 뇌가 말하는 소리가 들린다. 느껴진다.

버려진 가방

아아, 멋있다!

크지도 않고 작지도 않은 가방이다. 양복에 넥타이매고 외투까지 입은 정장을 입은 사람이 들면 어울릴 가방이지 작업복 입은 사람이 들면 전혀 어울리지 않는다고 할 수 있겠다. 똑같은 가방일지라도 드는 사람에 따라서 다르게 보일 수도 있다. 보석상가의 구석에 버려진 것으로 봐서는 새 것일 때는 귀중품을 넣고 다녔을 정도로 멋있어 보인다. 탈색되고 낡아서 버렸지만 처음 사왔을 때는 지금처럼 아무데나 함부로 두지도 않고 소중하게 간수했을 것이다. 매일 먼지도 털고 닦기도 했을 터다. 더러운 걸로 닦으면 때가 묻을까봐 깨끗하고 부드러운 천으로 조심스럽게 닦았을 것이다. 노부모에게 정성 드리는 것 이상이었을 게다.

구석진 곳에 쓰레기와 함께 버려진 것을 보니 아무리 소중하고 애착을 갖고 사용했던 물건도 버릴 때는 참 처절하기 짝이 없다는 생각이 든다.

세상 무대에 나타났던 모든 것들은 언젠가는 반드시 초라한 모습으로 퇴장한다. 대통령에 당선되어 취임식을 할 때는 화려하다. 임기가 끝나고 물러날 때는 초라한 그림자가 뒤따르고 있어 허탈해 보이기도 한다.

어떤 것이든 처음보다는 초라하게 낡아가게 마련이다. 처음엔 정성스럽게 대하다가도 버릴 때가 가까워 오면 함부로 대하기 시작한다. 뒤

편으로 물러날 때는 처음과는 정반대로 대한다. 연인의 만남도 그렇지 않을까.

배낭을 메고 한 손에 지팡이를 든 허리 구부러진 할머니가 지나간다. 수건으로 얼굴을 감싸서 얼굴은 제대로 보이질 않는다. 구부러진 허리나 걸음걸이로 봐서는 나이가 많다는 짐작이 간다. 할머니의 가슴 속엔 곱게 단장하고 신랑을 맞이하기 위해 설레던 추억도 담겨 있을 게다. 활짝 핀 꽃 같은 얼굴이었던 때도 있었을 게다.

늙음이란 특정인에게만 오는 건 아닌 줄 알면서도 우린 평상시는 잊고 산다. 지금 지나간 할머니 역시 늙음이 오지 않을 것처럼 생각했던 시절도 있었을 게다. 아름다움이 절정에 넘치고 혈기가 왕성했던 때도 있었겠다. 남성들의 시선을 받으면서 길을 걸어갈 때는 가슴이 두근거리기도 했을 게다. 남자를 만나기 위해 수 없이 거울을 바라보면서 가슴 조이던 시절도 지나왔다.

구석에 버려진 가방과 허리 구부러진 할머니를 바라보는 내 마음이 자꾸만 착잡해지는 건 왜일까. 세상에 어디 가방만 버려지겠는가. 사람도 언젠가는 자신이 할 일이 없어질 때는 세상에게 버림을 받을 것이다. 아니, 할 일을 다 하지 못해도 쫓겨난다는 게 옳은 표현이다. 할 일이 아직 남았다고 발버둥 쳐봐도 유효기간이 지나면 할 수 없이 물러나야 하는 게 인간이 아니겠는가.

납골당이나 공동무덤에 가서 일일이 물어본다한들 세상에서 일 다 해 놓고 온 사람 하나도 없으리라. 낡아지고 쓸모가 없어지면 버려진다는 걸 인간이라고 피할 수 있겠는가.

아침 산책길 내내 버려진 가방과 할머니 모습이 머릿속에서 떠나질 않고 맴돈다. 발걸음이 자꾸 무거워진다. 버려진 가방과 할머니 모습이 내 걸음을 자꾸 뒤로 끌어당기는 느낌이다. 나도 걸어온 길보다 종착점이 더 가까워서 그런 모양이다.

예쁜 사람 미운 사람

한 여인이 갓 돌이 지났을까 싶은 아기를 안고 내 옆에 앉았다. 언뜻 보아 사내 같아 물어보니 짐작대로다. 냉정하게 봐서 잘생긴 편은 아닌데도 볼수록 귀엽다.

이 녀석 앞뒤짱구라 아주 영특하겠네요. 얼굴이 똥그란 게 너무 귀여워요. 작은 눈이 더 야무진 인상을 줍니다. 밤잠 설칠 때도 많지만 건강하지요. 밤이면 자지 않고 애를 먹인다고 응수하면서도 아기엄마는 흐뭇한 표정이다. 차돌처럼 똘똘하게 뭉쳐져서 수명장수 하겠네요. 아기를 안은 엄마는 내 말이 구구절절 옳다는 투로 응수한다. 처음엔 좀 덜 생겼다 싶었는데 살펴볼수록 귀염성이 닥지닥지 붙은 녀석이다.

나는 지하철역에서 아기와 헤어지고 나오면서 또 어디 귀여운 아기가 없나싶어 두리번거려본다. 등에 업힌 아기, 유모차를 타고 가는 아기, 아장아장 걸음배우는 아기들이 거리엔 어른들 속에 꽤 많이 섞여 있다. 찬찬히 살펴보니 귀엽지 않은 아기가 하나도 없다.

아기와 어른은 똑같은 사람인데 더 예쁘게 보이는 이유가 뭘까. 아기를 귀엽게 보던 관점으로 지나가는 성인들에게도 초점을 맞춰서 관찰해 본다. 그렇게 보니 못생긴 사람이 하나도 없다는 느낌이 든다. 지금까지 내가 사람을 볼 때 밉거나, 예쁘다는 분별심만 가지고 보아왔던 게 아닌가 싶은 의심이 간다. 내 마음눈이 잘못된 게 분명하다.

강가에 작은 돌멩이들 하나하나 찬찬히 살펴보면 하나같이 귀엽게 보일 때가 있다. 지금 내가 보고 있는 거리의 사람들이 꼭 그렇다.

매주 금요일이면 아이들을 만나러 간다. 두 군데 유치원에서 한문을 가르치고 돌아오면 한동안 마음속에 아이들 모습이 똬리를 틀고 머문다. 이럴 땐 내가 아이가 된 기분이다.

길을 가다가도 아기와 마주치면 말을 걸어보거나, 눈을 맞추기도 하는 게 내 습성이다. 언제 봐도 아기는 순수해 보인다. 아기를 좋아하는 편이지만, 오늘처럼 예쁘게 보인 적은 별로 없었던 것 같다. 아니, 거리를 지나는 사람들 모두가 아기처럼 보려고 하니 다 예쁘다. 다 큰 아이, 늙은 여자아이, 늙수그레한 남자아이, 늙어버린 아이들이 거리엔 가득하다. 지금 내 안에서는 참으로 기이한 마음의 현상이 일어나고 있다. 이래서 일체유아심조(一切唯我心造)라 했던가.

이런 생각을 하며 길을 걸으니 마음속에서 알 수 없는 희열이 안개처럼 피어오른다. 타인을 예쁘게 본다는 게 이렇게 즐거운 일인가. 진작부터 왜 이런 맘눈을 뜨질 못했던가!

이번엔 걸음을 잠시 멈추고 가로수 옆에 서서 오가는 사람들을 일일이 살펴본다. 저 사람은 내 누이, 저 분은 내 아버지, 저 할머니는 내 어머니, 젊은 여인은 내 며느리, 저 여인은 내 아내로 환치시켜 바라본다. 사람들이 너무너무 좋아지려고 한다.

아하, 내가 지금까지 사람을 볼 때 병아리감별사처럼 분별심만 가졌지 진정한 본모습을 보질 못했구나. 사람을 세상에서 가장 아름다운 꽃으로 보는 심안이 진즉 열렸더라면 참 좋았으리라 생각하며 집으로 행한다. 골목길로 접어드니 훤칠한 청년이 마주 오고 있다. 피우던 담배꽁초를 아무데나 휙 던진다. 몇 발자국 더 가다가 이번엔 가래침을 탁 뱉는 소리가 난다. 거리낌 없이 태연자약한 행동. 이런 광경을 본 내 맘속에선 갈등의 파장이 일렁이기 시작한다.

'아니야, 미운 건 행동이지, 사람이 미운 건 아니야.' 중얼거리고 나니 맘이 조금은 가라앉는다. 마음눈 한 번 고쳐먹으면 예쁘게 보인다는

건 알지만 참으로 쉽진 않은 일인가 보다. 예쁘고 미운 건 내 마음인
가 보다.

　세상 모든 사람들이 내 눈엔 예쁘게 보이는 연습이나 열심히 해야
겠다.

절 받는 나무

여인이 도토리를 줍고 있다. 줍고 지나간 뒤에 또 우두둑 떨어진다.

"그 도토리 피눈물 짜 가면서 만든 겁니다요."

"네에!" 도토리를 주머니에 주어 담으며 산을 오르던 여인 세 명이 동시에 나를 쳐다본다.

"그 도토리 그 정도로 만들기 위해서 강풍이 불어델 땐 안 놓치려고 꼭 붙들고 얼마나 버둥거렸다고요. 장대비가 쏟아질 땐 부둥켜안고 얼마나 조바심했다고요. 다람쥐가 따먹으려고 할 땐 이파리 속에 감추고, 다람쥐사촌 청솔모가 가지를 꺾어델 때도 뒤로 빼돌리려고 얼마나 많이 애썼겠어요."

"아, 정말 재밌는 분이네요!"

"재미로 하는 이야기가 아니라 제가 여름 내내 일주일에 두 번씩 이 산을 오르내리며 지켜봤기 땜에 그런 말을 하는 겁니다."

"뭐하는 분이에요?" 아주머니들은 배드민턴채를 휘두르듯 교대로 말을 던져 넘긴다.

"밥 먹고 그냥 사는 사람이죠."

"참 나."

"전공이 뭐냐니깐요?"

"네에 진즉 그렇게 말씀하시죠. 제가요 약간 반 박자쯤 느리거든요."

"재밌다아." 반은 애교라고 할 수 있을 정도의 말을 집어던지면서 웃고 있는 세 여인들이다.

"인생을 바르게 살아가려고 애쓰는 게 제 전공입니다."

깔깔대며 헤프게 웃음을 풀어놓는 아주머니들 덕분에 가파른 계곡을 금방 올라와버렸다.

나는 산에 오르면 좀처럼 말을 잘하지 않는 편이다. 듣던 음악도 끄고 엄숙하게 산과 묵언대화를 나누는 게 내 습관이기에. 사람과는 이야기를 하지 않지만 돌과 바위와 나무들과는 이야기를 많이 하는 편이다. 묵언대화를 하다보면 마음 문이 환히 열리게 되고 어느 때는 알 수 없는 희열이 느껴지기도 한다.

오늘은 침묵이 어디로 갔을까. 저 나무가, 바위가 내 말을 다 먹어버린 것인가. 휘휘 둘러본다. 여인들을 따돌리고 올라오니 나무가 환히 웃으며 침묵으로 손짓하는 것 같다. 여인들은 산 중턱에서 여전히 깔깔대면서 침묵을 쫓아내고 있다. 바람이 살랑살랑 불어대니 도토리가 내 머리통을 확 때린다. 아마 여인들에게 가볍게 한 말 때문에 주의를 주기 위해서인가 보다.

높은 곳에 이르러 내려다보니 여인들이 도토리나무에게 계속 절을 하는 것처럼 보인다. 내가 한 말을 되새기며 나무에게 감사해서 절을 하는 줄 착각을 했는데 도토리를 줍느라고 계속 공손한 절을 하고 있는 중이다. 아주 큰 절을 하기도 한다. 이유야 어쨌건 도토리나무는 기분이 좋겠다. 저렇게 절을 많이 받으니.

나무에겐 하루에도 절을 몇 천 번이라도 해도 아깝지 않을 거란 생각이 문득 든다. 인간에게는 피해를 주지 않고 좋은 일만 하니 말이다. 사람과 곤충에게, 미생물들과 새들에게도 모두들 절을 받아야할 존재가 나무다. 인간들이 수십 년 전에 죽어 버린 이의 묘 앞에서 공손하게 절하는 것도 의미가 있겠지만, 살아있는 나무에게 절을 하는 게 훨씬 사람답지 않을까 하는 생각을 하며 여인들을 내려다본다.

나는 마음을 가다듬고 커다란 신갈나무에게 절을 해 본다. 서 너

번 절을 하고 나니 이상하게도 내 마음이 아주 편안해진다. 누가 보면 정신이 반쯤 나간 사람으로 보겠지만 마음이 무척 편안하다. 참 이상한 일이다.

산에 오르면 언제나 절하는 기분으로 나무를 대해야겠다. 절을 하고서 산꼭대기로 단숨에 올라선다. 이 세상 누구에겐가 잘 봐달라고 아부의 절을 한 것보다 나무에게 하는 게 참 기분이 좋다.

상수리나무는 쓸모없이 못생겨서 일찍이 베어가지 않아 이렇게 거목이 된 것을 감추고 목신木神처럼 나의 절을 받고 있는 건 아닌가 싶다. 나도 별 쓸모가 없어 오래오래 살다가 세상 사람들에게 공짜 절이나 받지나 않을까 싶어 겁이 덜컹 난다. 죽어서도 절을 많이 받을 터이니 말이다.

세월 속에 들어있는 비밀

할머니가 어기적어기적 걸어가고 있다. 꾸부정하게 굳어버린 몸뚱이를 움직이는 게 무척 힘들어 보인다. 한겨울 빨래 줄에 걸린 언 빨래가 연상된다. 로봇이 걷는 것처럼 전체가 한꺼번에 같은 방향으로 이동하려니 무척이나 힘들어 보인다. 뒷모습을 보니 '나이는 속일 수 없다' 는 말이 실감난다.

어린아이, 청년, 중년, 장년, 노년까지 걸어가는 뒷모습이 거울처럼 환히 자신의 나이를 비춰 준다. 뒷모습은 거짓으로 화장할 수는 없다. 얼굴은 덧대고 파내고 수리를 하는 세상이라 살아온 세월을 짚어내기 힘들다.

내가 걷는 앞에 비둘기들이 폴짝 내려앉는다. 뒤뚱거리며 걷는 모습이 방금 지나간 노파의 걸음걸이를 연상케 한다. 내려앉는 까치 세 마리는 세상에 온지 오래됐는지 얼마 안됐는지 짐작이 되지 않는다. 찬찬이 보니 털이 곱고 움직임이 민활한 녀석은 좀 젊은이인가 보다. 참새 떼가 포르릉 내려앉아 무엇인가를 쪼아댄다. 매초롬하고 털이 고운 걸로 봐서는 나이가 어린 참새다. 털이 곱지 않아 나이가 약간 들어 보이는 늙은 참새도 섞여있다. 나르는 태가 엉성하고 입가에 하얀 줄이 남아 있는 녀석은 아직 유치원생 정도밖에 안 되는 아기 참새다.

길가에 건물들의 벽이 탈색되어있다. 기와집의 지붕엔 기왓장들이 퇴색된 모습이 아주 많이 늙은 집이다. 보도블록 바닥이 깨지고 이지러지고 닳고 뭉개져서 아주 늙음을 숨기지 못하고 있다.

주위를 둘러보니 늙은 사물들이 많다. 어쩌면 늙는다는 의미는 존재의 의미와 동격이 아닌가 싶다. 새것이라고 칭하는 것도 존재하는 순간부터 이미 헌 것으로 늙어간다.

헌 것들만 있는 속에 나는 헌신과 헌옷을 입고 헌 몸으로 매일하는 헌 새벽산책을 하고 있다. 온통 헌것들뿐이지만 내 안에서 일어나고 있는 생각만은 늘 새것으로 충당된다. 헌정신도 새것으로 바꿔야겠다. 생각과 마음을 늘 새것으로 만들어서 사용한다면 나는 늙지 않고 새로운 사람이 될 것이다.

우리는 무슨 일을 할 때 대부분 내면에 있는 헌것인 습관이나 경험을 꺼내서 사용한다. 습관된 것은 참 편리하다. 새것을 찾을 때 창의력이 생기고 창조가 나올 수 있지만 한편으론 불편을 동반한다.

나는 습관인 헌것에 지배받기 싫어 늘 다니던 길을 외면하고 일부러 외돌아서 집으로 돌아올 때가 많다. 이럴 땐 뇌가 무척 흥미를 느끼며 좋아한다. 뇌 속에 있는 헌것들을 고물 창고로 보내버리려고 매일 매일 뇌를 씻어낸다.

시간은 늘 새것으로 내게 다가온다. 사용하고 나면 자동으로 헌것이 되어 떠나버린다. 헌시간을 버리면 또 새시간이 내 앞으로 밀려온다. 헌시간은 절대로 재활용이 안 된다. 새것으로 채우기 위해 머릿속을 열심히 청소해야겠다. 헌시간과 새시간을 생각하며 걷는 내 곁으로 사람들이 지나며 이야기를 나눈다.

"세월이 정말 빠르다. 금년도 벌써 반도 안 남았어!"

"내가 보기엔 반년이나 더 남아서 느린 것 같은데."

"그래그래 맞어, 니들 둘 다 맞어."

"야, 니가 황희 정승이냐. 이 말도 맞고 저 말도 맞다고 하게."

나는 그들의 말에 호기심이 발동하여 거리를 좁혀 따라 걷는다.

'세상에 완벽하게 맞는 게 어디 있고, 100% 틀린 게 어디 있을까. 세월이란 빠른 것도 느린 것도 아니다. 그냥 가만히 제자리에 있는 게 세월이라오. 내가 보기엔 오는 것도 가는 것도 아니고 사람들이 공연히 빠르다 느리다 떠들어 대는 게지'

나는 속으로 이렇게 뇌까리며 한가하게 걷는다. 내 곁을 스치는 세월의 파편들이 저만큼 흩어져가는 게 보인다. 내 뒤엔 또 세월이 바짝 따라오고 있다. 내가 없으면 세월도 없을 텐데, 참으로 괴이한 게 세월인가 보구나.

세월을 완벽하게 알 때쯤 내 인생이 알곡처럼 여물어 질려나….

고목할아버지와 개미

개미는 고개를 바짝 추켜들고 고목나무를 쳐다본다. 고개가 무척이나 아프지만 매일 쳐다본다. 아득한 별나라만큼 먼 곳에 고목나무의 얼굴이 보인다. 고목나무 발등으로 기어오르기 시작한다. 몇날 며칠 동안 죽는 힘을 다해 포기하지 않고 올라간다. 올려다보니 너무너무 멀다. 포기할까. 아래를 내려다보니 아득하다. 올라갈 수도 내려갈 수도 없어 개미는 다시 한 번 마음을 다 잡아 먹고 위만 보고 올라가기로 작정한다. 걷고 또 걷고, 다시 걷는다. 다리가 후들거린다. 땅을 떠난 지 수십 일이다. 천신만고 끝에 고목나무의 얼굴까지 도착했다. 고목나무는 환히 웃으며 반갑게 맞아준다. 개미는 난생 처음 하늘나라를 구경한다.

고목나무는 오래 살아온 할아버지다. 개미에게 아주 친절하게 대한다. 진드기의 진을 뽑아 꿀처럼 발라 개미에게 대접한다. 개미는 자기보다 수천 억만 배나 큰 할아버지가 작디작은 자기에게 친절하게 손님 대접 하는데 감격한다. 무뚝뚝하게만 서 있었던 고목나무 할아버지가 이렇게 친절할 줄은 꿈에도 생각 못했다. 참으로 잘 올라왔다고 생각한다. 사방을 둘러보니 개미 양식이 너무너무 많다.

고목나무할아버지는 먹을 양식은 얼마든지 있으니 자주 놀러 오라고 한다. 개미의 눈엔 고목나무할아버지 자체가 개미식구의 양식이라는 걸 깨닫는다.

고목나무할아버지가 아낌없이 줄 테니, 언제든지 놀러오라는 말을 듣고서야 멀고 먼 길 고생하며 왔던 게 헛되지 않아 무척 즐거웠다.

'고목나무할아버지가 작디작은 우리를 위해 양식을 이렇게 많이 장만해 놓은 게 정말 고마운 일이다.'

개미는 내려오면서 곰곰 생각한다. 큰 것은 작은 것들을 먹여 살리는 동네가 우리가 사는 동산이란 걸 다시 깨닫는다.

'식물의 동네는 크면 클수록 작은 것들을 위해서 양식을 주는데 왜 동물 세계는 큰 것들이 작은 것만 잡아먹고 사는지.' 개미는 의아하기만 하다.

인간이란 동물세계도 큰 것이 작은 걸 잡아먹고 살아간다는 사실을 개미는 일찍이 알고 있었다. 길가에 좌판을 펼쳐 놓고 하루하루 연명하는 할머니를 오래토록 봐왔던 터라 그런 생각을 한다. 좌판 안으로 몰래 잠입해서 할머니가 팔고 있는 떡을 훔쳐 먹었던 일이 떠올랐다. 고목나무할아버지에게 다녀오고서야 할머니 걸 훔쳐 먹은 게 나쁜 일이란 걸 깨닫는다.

개미는 고목나무를 내려오면서 외제차라를 타고 지나가는 사람을 내려다본다. 좌판에 명줄을 매단 할머니와 비교해본다. 저 고급차는 고목나무할아버지만큼 부자일까. 저 차 안엔 인간고목나무할아버지가 타고 있는 걸까.

개미는 고목나무할아버지 같은 인간고목나무할아버지도 어딘가에 있을 거라고 생각하며 다시 고목나무할아버지를 올려다본다. 주위엔 고마운 존재가 너무너무 많다는 걸 알고 나니 산다는 게 한결 즐겁다.

나는 고목나무 곁에 앉아서 개미들을 보며 한참 동안 상상에 젖어 있다. 개미가 보고 감탄하며 돌아온 고목나무할아버지 같은 인간고목나무할아버지가 나는 왜 될 수 없을까. 내겐 가능성이 안 보인다. 좌판에 의지하는 할머니도 제대로 볼 줄 모르면서 무슨 인간고목나무할아버지는!

차라리 작디작은 개미가 되어 살고 싶다. 작은 것과 큰 것, 많은 것과 적은 것이 공존하는 게 세상이라고 말은 쉽게 하면서 살아온 나였다.

나는 큰 것과 많은 것은 작은 것과 적은 것을 보지 못하고, 작은 것과 적은 것은 큰 것과 많은 것만 잘 보는 건 아닐지 모르겠다. 언제쯤이나 개미처럼 깨달을 수 있으려나?

거짓말을
가장 좋아하는 동물

"진짜라니까, 나는 절대로 거짓말 안 해!"

"설마, 그럴라고. 믿기지 않는데!"

"내가 언제 거짓말 하든? 그 자식처럼 거짓말이나 해대는 줄 알어!"

산을 올라오고 있는 젊은이들의 대화가 왜 자꾸 신경이 쓰이는 걸까. 나는 산을 내려오고 그들은 올라오고 있었다.

'나는 거짓말을 절대로 하지 않는다.' '나는 경우에 따라선 간혹 거짓말을 하는 편이다.' 어느 쪽이 더 신뢰성이 있는 표현일까.

곰곰 따져본다. 절대로 거짓말을 하지 않는다는 항변은 참일까, 거짓일까?

현재 하는 말 자체가 참말이라고 우기거나, 거짓말이라고 우겨대는 쪽 다 참이 아닐 수도 있다. 거짓말을 절대로 하지 않는다고 말하는 그 사람은 거짓말을 하고 있는 걸까, 참말을 하고 있는 걸까. 인간이 하는 말이 어느 쪽이 참이고 거짓일까. 저만큼 멀어져가는 젊은이들의 거짓말과 참말타령이 좀처럼 뇌리 속에서 떠나질 않는다.

산은 어디엔가 가을을 숨겨 놓은 것 같은 느낌의 계절이다. 가을이 어디쯤에 숨어있을까, 찬찬히 살펴본다. 여름나무의 가지 끝엔 가을그림자가 조금 보이는 것 같다. 분명 가을을 숨기고 있는 나무들이다. 그런 걸 보니 나무는 절대로 거짓말을 하지 않는다는 생각이 든다. 봄이 왔노라고 솔직히 말해주고, 여름엔 여름이라고, 쓸쓸한 가을이라고도 말해준다.

나무들은 항상 참말만 한다. 가뭄이 계속된다고도, 미풍이 분다고 말해준다. 태풍이 부는 것도 보여 준다. 언제나 진실만을 말하는 나무들. 인간은 이렇게 진실한 나무를 보고도 부끄러움을 느끼지도 못한다.

나는 절대로 거짓말을 하지 않는다는 사람과 나는 거짓말을 잘한다는 사람 중에 누가 거짓말쟁이일까. 아마 둘 다일 게다. 거짓말을 절대 안 한다고 힘주어 말하는 사람은 틀림없이 지금 참말을 하고 있는 중이라고 힘주어 말한다. 고로 그는 거짓말쟁이다.

나무는 거짓말이다, 참말이다 우기며 자기의 주장을 사람처럼 펴지 않고 그냥 침묵으로 말하고 있을 뿐이다. 고로 참말만 한다. 돌은 거짓말도 참말도 하지 않고, 그냥 몸짓으로 말하고 있을 뿐이다. 고로 참말만 한다. 흙은 절대로 말을 하지 않고 어떤 씨앗이라도 찾아오면 싹을 틔울 뿐이다. 고로 참말만 한다.

흙은 한겨울의 모진 추위에도 말을 하지 않고 나무와 씨앗들을 꼭 감싸고 보호해 준다. 고로 참말만 한다. 흙은 인간처럼 말을 앞세우지 않고 비가 오면 물을 품고 있다가 가뭄에 식물들에게 나누어준다. 고로 참말만 한다. 흙은 인간처럼 말을 앞세우지 않는다. 참말만 하기 위해서다.

사람은 거짓말을 할 때 참말이라고 더 큰소리친다. 고로 거짓말쟁이다. '우주에서 누가 제일 거짓말을 많이 하고 생존할까?' 묻는다면 아마 서슴없이 '사람' 하고 손들면 정답일 게다. 사람의 생존 자체가 거짓말인지도 모르겠기에 하는 말이다. 그럴지라도, 조금만 아주 조금만 거짓말을 하고 살 수는 없을까…

부자와 빈자

관악산을 올라가다가 널따란 바위에 앉는다. 한 여름의 싱싱한 신록이 뇌로부터 온 내장까지 시원하게 씻어 내리는 느낌이다. 나무와 바위와 돌들이 제각각 자기 자리를 차지하고 있는 산천이 갑자기 연극무대로 느껴진다. 빽빽이 서 있는 나무들은 각각의 역할에 충실하게 연기를 하고 있는 중이다. 어느 결에 나는 연극무대의 관객으로 흡수된다.

지혜의 주름으로 꽉 덮인 제일 늙은 상수리나무가 회장역할이다.

"인간 세상에서 취재해 온 보고서로 지금부터 공연을 시작해야겠군!"

회장은 곁에 있는 신갈나무에게서 받아든 대본을 찬찬히 살펴본다.

"여보게 자네 인사법이 그게 뭔가. 내가 자네에게 일 년 동안 주는 연봉이 얼마지?"

"매월 1억은 넘습니다. 신갈나무는 허리를 95도로 굽히며 조아린다."

상수리나무는 신갈나무가 인사하는 게 도통 맘에 들질 않는 모양이다. 눈치를 챈 신갈나무는 지엄한 회장님 앞에서 다시 자세를 다잡아 땅바닥에 넙죽 엎드려 큰절을 올린다.

"자네 누가 인사를 그렇게 하라고 했나?"

비서인 신갈나무는 주눅이 들어 어쩔 줄 모르고 안절부절못한다.

"저 깔딱고개 너머에 있는 연주암 법당에 가서 절하는 법 배워오게."

신갈나무는 다시 이마가 땅바닥에 닿게 엎드려서 큰절을 올린다. 상수리나무 회장은 비서의 절이 만족한 듯 이제야 미소를 짓는다. 신갈나무와 벚나무, 오갈피나무, 산수유나무, 소나무, 왕벚나무들이 회장 주위를 빙 둘러싸고 있다.

"비서, 자네 그 파업하는 놈들 어떻게 하라니까 지금까지 어물거리고만 있나. 내 입에서 떨어지는 말이 법인 줄 모르나. 그따위로 미루고만 있어, 박달나무 특수부대를 파견하랬지!"

"하지만 이 산엔 박달나무가 하나도 없어서…."

"없어 못한다는 게 내 앞에서 말이 된다고 생각하나!"

신갈나무 비서는 얼굴이 발개지면서 회장님에게 굽실거리기만 한다. 회장은 기분이 몹시 상한 표정. 세상에서 하지 못하는 일이 있다는 게 몹시 자존심 상해서다.

'지금 이 산천에 있는 작은 나무들은 죄다 내가 먹여 살리는 게 얼만데 무슨 파업이니, 노동조합이니, 내 사전엔 절대로 용서 안 될 말들이야. 안 되겠구먼, 비서를 갈아치워야지. 일 년 동안 내가 주는 돈이 얼마인데 감히 내 앞에서 잔꾀를 부려' 회장은 이제까지 노동조합이란 걸 절대로 만들지 못하게 했는데 정말 자존심이 상해서 흥분된 표정을 감추질 못해 중얼거린다.

회장은 다시 정신을 가다듬고 나서 온 산천을 휘 둘러본다. 이 산엔 회장님만큼 큰 거목은 없다. 이 산에 있는 작은 나무들은 모두가 회장만 보이면 주눅이 든다. 어느 산보다 유독 별나게 숨도 크게 쉬질 못하는 곳이다. 옳든 그르든 회장 앞에선 반대란 있을 수 없는 일이다. 재력으로 지배하는 자신만의 왕국인 셈이다. 노조를 설립한다는 말을 어느 언론이 삐죽이 내 민 것이다. 서둘러 비서에게 언론을 입막음하라고 지시한 것이다. 일 년이면 아주 많은 잎을 떨어뜨려서 거름도 만든다. 이 산에서 홍수가 나지 못하게 큰 뿌리들을 멀리까지 뻗어 누구도 범접치 못할 위용을 갖추고 있는 상수리나무 대회장님은 아주 늠름해 보인다.

대회장인 상수리나무 밑에는 풀이나, 작은 나무들은 아예 살아갈 수가 없다. 다만 자기에게 말을 잘 듣는 비슷비슷한 다수의 각종 나무들이 둘러서서 서로 아부 경쟁뿐이다. 감상하던 연극은 내 뇌리에서 멀리 쫓고 나서 다시 제3 깔딱고개를 향해 걸으며 생각한다. 인간 세상이나 산동네나 다 같이 지배자가 있고 지배를 받아야 하는 자가 있는 모양이다. 지배하는 쪽과 지배를 당하는 쪽이 있는데 어느 쪽이 더 위대한 것일까. 정답은 생각하나 마나다 싶으면서도 다시 한 번 더 미련한 생각으로 주절주절 중얼거리면서 산길을 숨차게 올라간다.

세상은 없는 자는 있는 자를 위해 존재 하는데, 있는 자는 없는 자를 위해서 존재하지 않는다는 철저한 철학이 지배하는 게 산동네도 마찬가진가 보다. 굵은 나무 밑에는 자잘한 나무들이 뿌리를 내리질 못하니 말이다.

크고 작은 것?

　　장남이 어느 날 갑자기 고등학교 졸업앨범을 내 놓고 제 어미와 같이 보면서 하는 말이다.

　　"애는 중학교 때까지만 해도 나보다 키도 작았는데 고등학교에 올라가서 키가 나보다 훌쩍 많이 커버려서 같이 놀기도 싫었어요. 어머니."

　　자존심이 무척 상했던 사춘기를 생각하며 이야기 하는 아들의 소리를 가만히 듣고 있으려니 옛이야기 한 토막이 내 머릿속에서 조립되어 떠오른다.

　　농부는 어떻게 하면 아들 셋이 지혜롭게 세상을 잘 살아갈 수 있을까를 궁리했다. 세 명의 아들에게 부자로 사는 것보다는 잘 사는 지혜를 가르쳐주고 싶었다. 부지런하기만 한 것보다는 지혜를 지닌 자식들로 키우고 싶어서 깊이 생각해 왔다.

　　어느 날 아버지는 텃밭에 있는 키가 한 자가 되는 가지나무를 화분에다 심어 뒤뜰에다 가져다 놓았다. 세 아들을 불러 앉혀 놓고 당부했다.

　　"나는 지금부터 3주가 지날 때까지 뒤뜰에 가지나무를 보러가지 않을 테니 너희들이 잘 관리해라. 절대로 죽이지는 말고 가지나무가 더 작아지게 만들어 봐라."

　　3형제는 아무리 생각해 보아도 황당하기만 했다. 죽이지 말라고 했으니 때맞춰 물은 줘야할 것이다. 가지나무는 점점 자랄 수밖에 없는 일이다. 3형제는 제각각 창의력을 발휘해 문제를 해결하기로 했다.

드디어 3주가 되는 날. 아들들은 웃으며 아버지를 모시고 뒤뜰로 갔다. 아버지는 과연 내 아들이다 싶어 무릎을 치며 칭찬을 아끼지 않았다. 세 아들은 텃밭에 아버지가 뽑아온 가지나무와 똑 같은 세 개를 뽑아 와서 화분에 심어 아버지 화분 주위에다 빙 둘러 놓았다.

아버지 가지나무엔 겨우 죽지 않을 만큼 물을 질금질금 주고 세 화분엔 물을 자주자주 주며 거름도 주었다. 주위를 둘러싸고 있는 세 화분의 가지나무가 엄청나게 자라버렸다. 가운데 있는 나무는 상대적으로 너무 작아서 예전보다 더 작아진 것처럼 보였다. 크고 작다는 것은 상대적이다.

초등학교나 중학교 때까지 같이 자랐던 친구는 공부와 키도 경쟁한다. 때론 친구에 비해 공부도 못해서 왜소하고 작게 느껴지기도 한다. 사회에 나와서도 자라는 경쟁은 뒤바뀌기도 한다. 내가 더 많이 노력해서 상대보다 크면 분명 친구는 작아지는 법. 현재 상대에 비해 너무 왜소하다고 한탄할 일이 절대로 아니다. 더 많이 자랄 수 있는 내일을 위해서 남이 잠 잘 때 물을 주어야한다. 남들이 놀고 있을 때 열심히 거름도 주며 돌보다가 보면 상대보다 더 커지게 마련이다. 내가 더 커지면 상대는 자연적으로 작아지게 되는 법이니까.

우리는 항상 비교로만 자신을 평가하고 세상을 보는데 익숙해져있다.

농부 아들의 지혜를 곰곰 생각하며 되새겨 봐야 할 일이다. 지금 내 앞에 있는 아들도, 열심히 뛰고 있는 젊은이들도, 한유하는 늙은이들도 모두모두 그랬으면 좋으리란 생각들이 또 내 머리 속을 맴돈다.

'크고 작음'은 오직 나 아닌 너와의 비교하는 마음잣대인 걸 어쩌란 말인가.

세상엔 원래부터 크고 작음이 없다고 생각하면서 살면 그만인 것을…

첫선보기

살아간다는 것은 매일매일 새로운 여행을 떠나는 일과 같다. 어떻게 보면 어제와 똑같은 일을 하는 것처럼 생각되지만 면밀히 따져 보면 꼭 같은 일을 하는 건 하나도 없다.

식탁에 앉아서 매일 같은 음식을 먹는 것 같지만 그도 아니다. 같은 김칫독에서 어제 먹던 김치를 꺼내 먹는다고 해서 그것이 어제와 같지는 않다. 어제보다 더 숙성해 있는 김치다. 인체에 유익한 미생물들이 더 많아졌을 수도 있고 더 적어졌을 수도 있다. 맛도 면밀한 측도계로 재 본다면 현격하게 다를 것이다. 식사를 하는 자세도 어제와 다르다. 씹는 횟수도 다를 것이다. 물을 마시는 양에서부터 방법도 어제와 현저히 다를 것이다.

아내와 남편, 자식, 늘 만나는 사람이지만 어제보다 더 늙었다거나 더 자랐을 것이다. 수십 만 개의 세포가 죽었고 새로운 세포가 생성되었을 게다. 세포의 수를 따져 봐도 어제와 다른 사람과 만나는 셈이다. 다른 사람은 아닐지 몰라도 다른 사람인 것이다. 어제의 사람이 그대로 유지할 수는 없는 일이다.

화분에 심어놓은 화초도 어제와는 현격이 다르다. 봄여름가을겨울 중 어느 계절이라고 해도 늘 보는 정원의 나무들도 같은 모습으로 존재하지는 않는다. 인간의 눈이 사물을 정밀하게 보지 못할 뿐이다.

모든 것이 어제와 같다고만 보는 건 인간의 불확실한 눈 때문이다. 며칠이나 몇 달 동안 만나지 못한 아이를 보면 훌쩍 커버린 걸 알아챈

다. 함께 있는 가족은 매일 달라지는 아이를 알아보기가 힘들다. 늙는 것도 마찬가지다.

세상사 모든 일과 사물들이 어찌 어제와 꼭 같을 수 있으랴. 우리 앞에 나타나는 것들은 언제나 새로운 것들뿐이다. 같은 건 인생살이에 있어서 꼭 한 번과 한 순간만 만난다. 어제의 반찬은 어제의 반찬이고 오늘 먹는 반찬은 오늘 반찬일 뿐이다. 같은 것으로 착시하는 인간의 눈일 뿐이다.

매일 낮이면 만나는 태양이라고 해서 같은 해일까. 수 억 만 년 아니 천문학적인 세월이 지나면 언젠가는 에너지가 소진되어 소멸하고 말 태양은 계속해서 멈추지 않고 작아지고 있는 것이다. 오늘 머리 위에 뜬 태양을 어제의 태양으로 착각하고 우리는 살아간다. 우리는 늘 새로운 길에 서서 새로운 사람을 만나며 살아간다. 늘 새롭게 살고 있으면서 똑같은 것으로 착각하며 살아간다.

삼라만상을 어제의 것으로 착각할 뿐이다. 어제가 아니라 한 순간에 바뀌는 '지금'도 마찬가지다. '지금'은 현재지만 면밀히 따져보면 현재는 없다. 제 자리에 멈추지 못하기에 지금도 과거일 수밖에 없다. 현재의 속에는 과거가 있다. '지금'이라는 순간은 빠른 속력으로 나를 싣고 달리며 나의 모든 걸 새것으로 바꾸어 나간다.

'지금'이란 자체도 너무 빠르게 지나가기에 붙잡을 수가 없다. 우리가 살아가면서 앞에 닥치는 모두는 처음이다. 언제나 처음일 수밖에 없는 게 세상사가 아닌가. 새로운 것과 처음이 있어 삶이 가치가 있는 것이리라.

남녀가 첫선을 보는 설레는 마음으로 오늘도 '처음'을 만난다. 산다는 건 늘 새로움을 만나는 희망이다.

수동운전

거실에 앉았으니 박스형 농이 시선을 끌어들인다. 곁에 있는 텔레비전수상기도 새삼스럽게 보인다. 이것들은 기술자들이 만든 것이다. 예술조각품과 건축물도 만들고, 기발한 아이디어 상품을 만드는 이들이 세상엔 참 많다.

거실에 있는 사물들을 집중해서 살펴보다보니 지금까지 살아오면서 내가 만든 게 뭐가 있을까 생각해 본다. 되새겨 봐도 내가 만든 게 하나도 떠오르질 않는다. 한 가지라도 만드는 재주가 있는지 따져 봐도 아니란 대답뿐.

만드는 재주가 없으니 포기하고 이제부턴 '나를 잘 볼 수 있는 기술이라도 터득해봐야겠다.'는 생각으로 갑자기 바뀐다. 기술이라곤 눈 씻고 봐도 내겐 없으니 '나를 잘 보는 것'도 기술이라고 생각하자. 자신을 잘 보는 장인匠人이라도 됐으면 좋겠다. 그런데 보면 볼수록 더 어려운 게 내가 '나'를 보는 일이다.

매일 새벽마다 나를 보기 위해 결가부좌를 틀고 앉는다. 보는 연습을 얼마나 하면 거울에 비친 나를 보듯 환하게 볼지 모르겠지만 꾸준히 연습이나 해 봐야겠다. 나를 보는 맹연습을 하다 보니 또 의문들이 생긴다. 남들이 나를 더 정확하게 볼지, 내가 남들보다 더 명확하게 나를 볼지. 늘 대하는 가족이 더 정확하게 볼까, 친한 벗이, 자주 만나는 이들이 나를 정확하게 볼까. 본다고 해서 다 정확하게 보는 게 아니라서 이런 의문들이 꼬리를 물고 일어난다.

나를 확실히 보려고 매일새벽 거르지 않고 연습을 한다. 명상을 하면서 내게 말을 자주 한다. 필요에 의해서 남에게 하는 말보다 더 진지하게 나와 침묵대화를 한다. 점점 대화가 신중해진다. 남과 대화할 때에 짧은 말실수를 해도 헤어지고 나면 금방 잊어지지만 나와의 대화에선 오래토록 남는다. 경험해 보지 못한 이는 모를지라도 내 경험으로 그렇다는 말이다.

나는 사람들과 같이 있을 때보다 나와 함께 있는 게 더 좋다. 남과 차를 마시기보다 나와 마시기가 더 즐겁고 커피의 향이 더 향긋하게 느껴진다.

창밖을 내다보니 멋진 승용차 한 대가 지나간다. 차가 지나가는 게 아니다. 운전하는 사람이 지나간다. 솜씨 있게 운전을 잘한다. 지금 나도 운전을 하고 있다. 나를 운전하는 중이다. 내가 지금 창밖을 내다보는 것도, 정원에 나무들을 관조하는 것도, 은행나무에 날아온 까치를 마주보며 묵언대화를 하는 것도 나를 운전하는 일이다.

나는 종일토록 나를 운전하지만 때론 무의식적으로 자동으로 할 때가 더 많다. 익숙한 운전기술 때문에 건성으로 운전하다가 의외의 사고를 낼 때가 더러 있다. 나를 운전하는 일도 마찬가지다. 정신을 바짝 차리고 나를 바라보면서 운전하려고 애를 써 보지만 익숙한 습관 때문에 잘 안될 때가 많다. '마음 챙김'의 하루를 보내려고 의도적으로 의식을 챙겨본다. 의식을 꼭 붙잡고 나를 운전하려고 바짝 긴장해 보지만 어느 순간에 습관이 툭 튀어 나와 의식을 지워버리고 무의식이 지배한다.

요즘은 승용차가 대부분 수동식 스틱보다 오토로 되어 있다. 수동 운전보다 딴전 피우기가 쉬워 운전 중에도 의식을 쫓아버릴 때가 있다. 나를 운전하는 운전기기는 자동이 아닌 수동으로 바꾸려고 노력을 게을리 하지 말자고 다져본다. 좀 더 '나'를 찬찬히 보면서 하는 수동운전에 익숙해져야겠다.

도둑고양이 도둑사람

　우리가 살고 있는 지구엔 사람이 먹을 수 있는 것과 먹지 못하는 것이 섞여있다. 사람은 먹을 수 없는 걸 다른 생명체들이 먹기도 한다. 만약 사람이 먹을 수 있는 것이 처음부터 턱없이 모자랐다면 지구상에 이렇게 많은 인구가 늘어나지 못하고 일찌감치 사라져버렸을지도 모를 일이다.

　사람이 먹는 것을 자세히 살펴보면, 옛날엔 먹지 않았던 걸 요즘 와서 먹는다거나 먹어왔던 것을 먹지 않는 것도 있다. 식재료의 사이클도 시대변화에 따라 점점 달라지고 있다. 거창하게 맬서스론, 신 맬서스론까지 차용해서, 먹고 사는 재료와 늘어나는 인간의 숫자를 비교해보자는 건 아니지만, 자연 속에 있는 열매와 풀, 약초 등 사람이 먹을 수 있는 게 인간의 숫자보다 비교도 안 될 만큼 더 많아서 다행이다.

　어디에서나 흔하게 있는 물도 먹을 수 있는 것과 먹어서는 안 되는 걸로 분류된다. 풀이나 열매도 마찬가지다. 다른 동물이 먹으면 잘 살아가는데 인간이 먹으면 생명을 유지할 수 없는 것들도 많다. 사람과 동물들이 조화롭게 먹을거리를 나누어 먹어가면서 사는 게 참 신기한 일이 아닌가.

　사람은 너무 많이 먹어서 병을 얻어 수명을 단축시키는 경우도 있다. 술이나 담배, 마약 같은 걸 많이 먹거나, 본의 아니게 납 중독증 같이 간접적으로 먹고 마시고, 더러운 물, 오염된 공기를 먹어서 몸을 상하는 경우를 헤아려 보면 셀 수 없을 정도로 많다.

인간은 하등동물들이 거들떠보지도 않는 '돈'이란 걸 만들어 놓고 잘도 먹어치운다. 잘못 먹어 배탈이 나거나 신세를 영영 망쳐버리기도 한다. 몸뚱이만 망치는 게 아니라 애써 쌓아올린 명예 같은 것도 잘못 먹은 '돈' 때문에 일순간에 허물어지는 경우를 주위에서 허다하게 목격한다. 국회의원인가 뭔가 하는 자리까지 암벽타기를 하듯 기어 올라가서 돈을 잘못 먹거나, 먹여서 감옥으로 직행한 사건이 시끄러운 소음이 되어 온 나라를 뒤흔들고 있는 중이다. 이런 일들이 어제 오늘 일만은 아니다. 어쩌면 인간세계에 영원한 일일지도 모르겠다. 잘 못 먹어 좁은 공간에 갇히고 맘대로 다니지도 못하는 사람이 텔레비전 화면에 뉴스거리가 된 꼴을 보니 착잡한 생각이 들다말고 연민까지 밀려온다. 못 해도, 오륙십년은 넘게 살아온 사람들이 어떻게 먹는 것과 못 먹는 걸 구별하지 못해 저렇게 배앓이를 할까. 참 딱한 일이다.

배앓이에 시달리는 인간에 대한 텔레비전 뉴스를 보다가 끄고 새벽 산책길을 나선다. 담 밑에 고양이가 죽어 있다. 배가 잔뜩 부르고 곁에는 토사물이 널려있다. 누군가가 독극물을 탄 걸 덥석 먹다가 이렇게 된 모양이다.

새벽산책길엔 음식물쓰레기비닐봉지를 뒤지는 고양이를 자주 만난다. 사람 사는 집에서 생선이나 고기를 몰래 훔쳐 먹던 전력 때문에 집에서 기르고 있는 고양이 외엔 모두 도둑고양이라고 칭한다. 요즘 도시의 도둑고양이들은 남의 주방에 몰래 침입할 필요 없이 집 앞에 내다 놓은 음식물쓰레기만 뒤지고 다녀도 다이어트를 해야 할 지경이다.

고양이는 도둑질하는 횟수가 점점 줄어드는 반면, '돈'을 잘 먹는 사람들이 도둑고양이 대신 설쳐대는 세상이 되고 말았다. 도둑고양이란 말을 버리고 도둑사람이란 신조어로 대처해야 할 판이다. 배가 불러 죽어있는 고양이와 방금 텔레비전 뉴스가 겹쳐서 화면이 떠오른다.

도둑고양이보다 더 돈을 잘 먹어치우는 인간들이 양심이라는 내장

에 암이 걸리지나 않았나 싶은 엉뚱한 상상이 자꾸만 밀려드는 건 왜
일까.

　야생동물들은 먹지 못할 것은 먹지 않는다는데 인간은 그것을 가리지
도 못한다니 참 한심스런 생각들이 아침산책길 내내 지워지질 않는다.

태고의 인간냄새

대부분의 사람들은 외출에서 집으로 돌아올 땐 가까운 길을 따라 걸어오는 것이 보편적이라고 할 수 있겠다. 이런 보편성을 거절하는 이유가 내겐 있다. 새로운 길을 걷는다거나 새로운 걸 실행해보면 뇌가 좋아한다는 걸 자주 체험하기 때문이다. 외출에서 돌아올 때 가까운 거리로 걷지 않고 멀더라도 약간 생소한 길로 외돌아 올 때가 많다.

집에서 18분쯤 걸리는 정독도서관을 다녀오면서도 일부러 먼 거리인 인사동으로 내려가서 돌아온다. 인사동 거리엔 검은 얼굴, 금발의 머리, 뽀족한 코, 작고 큰 사람들이 섞여서 걷는 걸 보면 흥미롭다. 수많은 사람들이 한가하게 거니는 걸 보니 일요일이란 실감이 난다. 가던 길을 잠시 멈추고 오가는 사람들을 유심히 관찰해본다. 할 일없이 그냥 걷고 있는 사람들 같기도 하고, 구경 나온 사람들 같기도 하다. 건성으로 지나가는 걸 보면 구경나온 사람들도 아닌 듯싶기도 하다. 서로 손을 잡고 걷는 젊은 남녀, 혼자 바쁜 모습으로 걷는 사람 등등 각양각색이다. 스치는 바람이거나 밀려왔다간 조용히 빠져나가는 썰물같이 느껴진다.

모두들 사람구경 나온 건가. 그도 아닌 것 같다. 보는 게 아니라 자신을 보여주는 것이라는 게 정답일 것 같기도 하다. 명품가방을 들고, 메고 한껏 멋을 부리며 걷는 모습을 보니 보여주기 위함이 맞을 것 같기도 하다.

여자들은 잘 보여주기 위함인지 하나같이 얼굴에 페인팅을 했다. 집

안에서 혼자 있을 땐 세수도 않고 있을 사람도 이 속엔 있을 게다. 자기를 남에게 보이기에 열중인 사람을 관찰하는 것도 참 재미있는 일이다 싶다.

사람이 네발로 걸었으면 더 좋을 거라는 상상이 문득 내 뇌리에서 발동을 건다. 네 발이 아닌 두 발로 걸어 다니는 진화된 영광을 한껏 폼 내고 있는 이들을 보고 있으려니 그런 부질없는 생각까지 든다.

텔레비전에서 유치원 다니는 원숭이를 본 적이 있다. 사람처럼 두발로만 걸어 다닌다. 개나 원숭이, 돌고래, 앵무새 등을 닥치는 대로 억지 진화를 시키려는 작업에 열중하고 있는 오늘날 인간들은 참 할 일도 없나 보다.

그냥 해본 소리가 아니라 갑자기 네발로 걸어보고 싶은 생각이 든다. 서서 걷기 시작한 이래 인간에겐 병이 많이 발생했기에 그런 생각이 든다. 내장압박으로 인해 치질, 심장이 높은 위치에 있어 혈류 장애로 고혈압, 높은 데 위치한 뇌에도 뇌 혈전, 뇌졸중 등 다양한 병이 직립보행인 인간이 받는 선물이 아닌가. 두 발로 걷기에 인간이 선물 받은 병이 많은 건 사실이다.

집에 도착하자마자 마침 보는 사람도 없으니 거실에서 네발로 한 번 걸어본다. 미친 녀석이라고 흉볼 사람도 없어 여러 번을 시도해 본다. 힘은 들지만 뇌가 신기하다고 자꾸 해보자고 부추긴다. 호기심 많은 게 뇌의 본성이라고 했지만, 유독 나라는 사람 뇌는 다른 이보다 더 심한 편에 속한다. 이상한 걸 그냥 못 지나가는 경우도 많지만, 사물을 빌빌 꼬아서 보려는 호기심 또한 지나친 게 나의 뇌다. 걷기보다 기는 게 건강에도 좋을 듯싶어 혼자 있을 땐 종종 실행한다. 진화 속에는 나쁜 독소도 많이 따르게 된다. 네발로 걷는 것처럼 때론 퇴행하여 살고 싶다. 어느 땐 길을 가다가도 뒷걸음질로도 걸어본다. 앞으로만 익숙한 걸음걸이기에 또 다른 흥미를 느낀다.

세상은 왜 진화 쪽으로만 행하는 걸까. 아날로그 스타일로 살아가는 것도 좋을 듯싶을 땐 기거나 뒷걸음질을 시도해 본다. 재미있기도 하고 건강에도 좋은 듯싶어서 자주 실행한다.

먼지를 툭툭 털어내고 희귀한 골동품을 찾아내듯, 퇴행의 이로움을 찾아본다. 퇴화된 생각과 행동 속에 태고의 인간냄새가 흠뻑 배어있지 않을까 싶어서.

세상 뒤집어 보기

　욕실에 엎어진 의자가 갑자기 시선을 끌어당긴다. 호기심 많은 나는 또 엎어진 의자에게로 몰입한다. 의자가 죽어버린 게 아닌가 싶은 느낌이 든다. 거꾸로 누워있는 의자보기는 참 낯설다. 생경함이 내 뇌를 깨우고 나선다. 매일 살을 맞대고 지내는 식구라도 아주 다른 면을 보일 때가 있는데 순간적으로 낯설게 느껴진다.

　난생 처음 보는 물건이라도 지금 엎어져 있는 의자처럼 낯설지는 않았던 것 같다. 더러워진 의자를 목욕시키느라 엎어 놓은 것이다. 이리저리 살펴보아도 처음 보는 인상이다. 몇 년을 같이 지냈지만 플라스틱 바퀴와 쇠살로 된 부채 살 모양으로 펴진 받침대도 생소하다. 내장 속에 있는 스프링 장치도 초면이다. 야릇한 생각이 들어 이번엔 옆으로 눕히고 한참을 살펴본다. 나와 한 방에서 같이 지내온 지도 십여 년이 넘은 녀석이 이렇게 낯설다니. 오랫동안 친하게 지내왔던 친구도 한 번쯤 뒤집어 놓고 관찰해 보면 이런 느낌이 들 수 있을 거란 생각이 든다.

　같이 지내는 가구나, 함께 사는 식구들도 한 번쯤 뒤집어 놓고 다른 면을 자세히 보아야겠단 생각이 불현듯 일어난다.

　사물이나 인간이 지니고 있는 이면까지를 살펴보아야만 본질과 실체를 알 수 있다는 걸 깨우쳐 주는 순간이다. 친한 사람이 이렇게 실망을 안길 줄은 정말 몰랐다고 울분을 토하는 이를 본 적이 있었다. 내가 지금까지 사물의 일면만 보거나, 겉으로 나타나는 현상만을 보고서 실체인줄 착각하고 살아 왔다는 생각이 강렬하게 든다.

의자의 깔판 바로 아래에 하얀 종이에 인쇄된 의자의 신상 명세까지 붙어 있는 것도 처음 본다. 생년월일이 기록된 주민등록 같은 거다. 살다가 병나면 무료치료로 서비스를 받을 수 있다는 표시다. 의자가 태어난 고향 전화번호까지 상세히 명기되어 있다. 유효기간이 지난 후엔 수술해서 부속품을 갈아 끼우는 경우는 무료가 아니라고도 적혀있다.

내 몸속에도 어디엔가 유효기간이 적혀 있을까. 내가 알지 못하는 어디엔가 붙어 있기에 늙어가고 죽음 쪽으로 점점 다가가고 있는 게 아닐지. 세상에 출현한지 얼마나 지났다는 것까지 금방 알아볼 수 있고, 늙어가는 걸 알 수 있는 유효기간 표시를 의자처럼 볼 수 있다면 좋겠다.

아내도, 아들딸도, 친구도 언젠간 한 번쯤 홀까닥 뒤집어 놓고 살펴보고 싶은 충동이 강하게 솟구친다. 일부러 화나게 한다거나 어깃장을 놓아서 한 번 뒤집는 것도 좋을 듯. 이제껏 보지 못했던 부분을 분명히 볼 수 있을 것이다. 갑자기 화를 돋운다거나 획기적으로 좋은 이벤트를 한다는 게 뒤집어 보는 게 아닐까.

오랫동안 알고 지낸 사람이 전에 없이 예상치 못한 행동을 보여줘서 나도 놀란 경험이 있다. 실망하고, 딴 사람을 보는 것 같은 충격적인 느낌을 받았었다. 지금 내가 의자 뒤집어 놓고 보기에서 나타나는 현상과 같은 거였던가 보다.

내가 지금까지 세상을 보아온 일도, 사람을 보와 온 것도 모두 지금 내 앞에 의자처럼 단면만 보아온 게 아니었나싶다. 엉덩이 받치고 앉아서 늘 푸근하고 편리했던 것 외엔 의자에 대해 특별히 본 것도 생각한 적도 아는 것도 없었던 내 자신이 참 허망하다.

늘 만나는 사물이나 사람을 대할 때도 더러는 의자처럼 거꾸로 뒤집어놓고 생각해 보기를 자주 시도해 보면 괜찮을 것 같다는 생각이 든다. 어느새 생리적인 볼 일을 보는 것도 잊고서 의자에 집중하다 보니 꽤 시간이 많이 흘러가버렸다. 어이쿠!

은행나무의 침묵언어

　새벽에 거실에 나와서 창밖을 내다보니 은행나무가 제일 먼저 눈에 띈다. 침묵으로 있는 은행나무를 바라보니 숙연해지면서 많은 상념들이 떠오른다.

　어렸을 적에 집에선 돼지도 키우고 닭도 키웠다. 청방에서는 쥐가 살았다. 초가지붕 끝에는 참새가 집을 짓고 살았다. 그 많은 참새들이 요즘은 어디다 어떻게 집을 짓고 사는지 무척 궁금하다.

　어른들이 들밭에 나가고 텅 빈 집에 혼자 있을 땐 무서운 생각이 들 정도로 외로움이 엄습해왔다. 모퉁이 돼지집에선 꿀꿀. 마당가에 한가하게 노니는 닭은 꼬끼오. 가운데 청방에선 쥐가 찍찍. 참새는 빨랫줄에서 쨱쨱. 까치는 앞마당 늙은 감나무에서 까짹까짹 깍깍. 사립문 곁 미루나무에선 비둘기가 구구구. 이런 소리들이 빈 집 마루에 앉아 있는 나를 더 쓸쓸하게만 했다. 성인이 된 지금은 사람들의 말소리가 그때 나를 쓸쓸하게 했던 것으로 다가올 때가 많다.

　검사는 그래선 안 돼. 변호사는 이것은 옳고 저것은 그르다. 판사는 그건 아니고 이것이다. 이런 소리들이 어렸을 때 혼자 집에서 들었던 소리처럼 느껴질 때가 있다. 사람들의 세계엔 온통 자기만 옳다고 떠드는 소리뿐이다. 오직 소리 없는 건 옆집 가게 앞에 토끼집에 갇혀 사는 토끼뿐이다. 토끼는 침묵의 철학자인가. 성자인가. 도통한 도사인가.

　거실 앞에 서 있는 은행나무도 침묵한다. 토끼보다 더 침묵을 알차게 하는 셈이다. 침묵으로 봄여름가을겨울을 내게 알려준다. 그러면서도 한 순간도 쉬지 않고 자라고 있다. 꽃을 피우고 열매도 만들어낸다. 열매를 익혀가는 모습을 내게 묵언으로 설명해준다. 열매를 익혀내는 과정을 보여주는 것이 은행나무의 말이다. 침묵언어다. 나는 그 의미를 제대로 파악하지 못할 때가 많다. 생활로 보여주는 침묵언어만 할 줄 아는 은행나무.

토끼는 침묵하면서도 잘 살아가는 법을 가르쳐 준다. 애써 설명하려고 떠들어대는 건 사람뿐인가 보다. 인간은 사는 법을 떠들고 설명을 열심히 해대도 은행나무만큼 못 산다.

사람이 사람에게 묻고 또 물어 보며 말을 많이 하면서 살아간다. 대답을 듣고 또 들어도 늘 모르는 건 인간이다. 모르면서도 안다고 하는 것이 또한 인간이기도 하다.

참뜻을 알려면 순간마다 우리의 생각과 조건과 상황을 놓아버리고 실천을 앞세우는 일이 우선이라는 것도 사람이 알아낸 진리다. 그래도 사람은 먼저 떠들어버리기 때문에 실천하는데 약하다. 지구상에서 가장 잘 사는 체 해도 가장 잘못 사는 게 인간이 아닐지. 사람 이외는 모두가 자연스럽게 잘 살줄을 알고 있다. 그들은 말없이 실천으로 보여주면서 살아가고 있다.

지금 아침 뉴스도 전쟁 이야기다. 조간신문도 쌈질하는 정치가 이야기로 헤드라인을 장식하고 있다. 인간은 한 순간도 침묵할 줄 모르고 떠들어대는 동물인가 보다. 침묵으로 서 있는 창밖의 은행나무에게 미안하다. 하염없이 은행나무를 바라보며 침묵언어를 해독해 본다.

종묘 숲 사이로 해님이 빙그레 웃으며 침묵하고 있다. 나도 따라 웃는다. 침묵이 너무너무 좋아서 웃고 또 웃는다.

'울'자 돌림 삼형제의 거짓말

밖으로 나가려다말고 거실에 걸린 거울을 본다. 출입문 쪽에 거린 거울이라 하루에 저절로 몇 번씩 보게 된다.

거울과 저울과 겨울 중에서 누가 거짓말을 잘할까. 거울을 보면서 엉뚱하게 이런 생각이 든다. 유리판에 아라비아 숫자로 계량을 표시한 저울이 거실 안쪽에 놓여있다. 식구들은 종종 그 위에 올라가서 숫자를 읽곤 한다. 몸무게를 정확하게 일러준다는 믿음 때문일 게다.

저울이란 바름을 상징한다고 해서 법정신에 인용하기도 한다. 무게를 정확하게 알려주는 게 의무인데도 우리 집 저울은 지금까지 내게 거짓말을 해왔던 것이다. 내 체중이 늘 60kg이라고 믿어왔는데 종합검진을 받으러 가니 62kg이라고 거기 있는 저울이 알려준다. '허허 참, 거짓말하지 않는 게 저울이라고 믿어왔거늘 우리 집 저울은 왜 내게 이런 합법적인 거짓말을 해왔을까!' 내 입에선 어느새 중얼거림이 새어나온다.

사람이 거짓말을 했을까, 저울이 거짓말을 했을까. 만든 사람이 저울에게 거짓말하게 했으니 사람이 거짓말을 한 셈이다.

거실 벽에 걸린 거울은 거짓말을 하지 않으리라고 믿어왔었는데도 "선생님은 평생 안 늙을 것처럼 탱글탱글했는데 많이 늙으셨네요." 십여 년 만에 사무실을 찾아오신 분이 대뜸 이런 말부터 꺼낸다. 순간 거실에 걸린 거울에게 배신감을 느낀다. 하루도 빠트리지 않고 내 얼굴을 보여줬던 거울. 내 얼굴이 그렇게 늙어버린 걸 왜 내게 진솔하게 보여주지 않았을까. 내 시력이 부정확한 탓인지도 모르겠다.

'거울이 또 내게 거짓말한 게 분명하군.' 중얼거림이 또 튀어나온다. 잘못을 저지르고도 깨닫지 못하는 사람에게 '양심의 거울을 보라' 고 질책하기도 한다. 거울이란 진정으로 객관성이 있는 걸까를 요즘 들어 자주 생각하게 된다. 나이 지긋한 사람들을 스마트폰으로 사진을 찍어서 보여주면 죄다 외면한다. 자신이 생각하고 있는 것보다 더 늙어 보인다고 한다. 그런 점에선 나도 예외는 아니지만. 확실히 사진이 늘 거울에서 보는 얼굴보다는 더 늙어 보인다. 거울의 거짓말에 속고 있는 셈이다.

유독 동파사고가 많았던 겨울이 지나갔다. '겨울은 추운 게 당연하다' 겨울은 거짓말을 하지 않는다는 전제가 깔려있기에 설득력이 있는 말이다. 거울이나 겨울이나 저울이 거짓말을 하지 않으리라고 믿어야 겠다. 사람이 만들었기 때문에 사람이 거짓말을 한 것이지 저울이나 거울 탓을 해선 뭐하랴. 결국 사람이 잘못 만들었으니 거짓말한 원인 은 사람일 게다.

겨울이 추우면 해충 알이 얼어 죽어서 다음해엔 풍년이 든다고 어른들 말을 자주 들으며 자라왔다. 그때는 그 의미를 자세히 알 수 없었지만 이제 생각해 보니 겨울이 겨울답게 추워야 된다는 뜻이다. 지구 온난화 현상으로 인해 겨울이 점점 따뜻해진다고 걱정들이다. 요즘은 난방시설과 의류기능이 발달해서 겨울다운 겨울을 느끼지 못한다. 지구온난화를 걱정하는 걸 보면 또 사람이 겨울에게 거짓말을 하게 만드는 게 분명하다. 사람들 사이엔 거짓말하는 게 극히 정상인 것처럼 느껴지는 요즘 세상이다.

생각하고 또 생각을 해봐도 이 '울'자 돌림 세 녀석을 믿어야할지 믿지 말아야할지. 게다가 '인人' 자를 하나 더 포함해서 생각해 보면 더 혼란스럽다. 거짓도 참도 없는 건데 내가 그렇게 생각해서인가. 나 또

한 혼란스럽기만 하다.

'울자 셋'과 '인 하나'는 알다가도 모를 존재처럼 느껴진다. '울'자가 거짓말을 하는 것처럼 보이지만 최종책임은 '인'자에게 있지 않을까 싶은 생각밖에 들지 않는 걸 어쩌랴. '울'자 삼형제는 정직한데 사람인 자가 더 문제가 아닌가 싶다.

공원벤치

공원에 빈 의자를 보니 반갑다. 언제나 나를 기다리고만 있는 것처럼 느껴져서. 실제로 내 생각대로 기다리고 있는 건 아니겠지만 부담 없이 언제나 와서 만만하게 앉을 수 있어서 그런 느낌이 든다. 공원에 있는 의자에 대해 고마운 생각은 털끝만치도 하지 않고 당연한 것처럼 앉기만 했었다. 부담 없이 자기 몸을 내 주는 의자다. 오랜 세월을 살았는지 꽤 늙어 보인다. 의자역시 소모 방향으로 잠시도 쉬지 않고 가고 있는 사물들을 따라하고 있는 모양이다.

나무 밑에 놓인 기다란 나무판 의자에 앉아서 의자와 통성명하듯 이리저리 살펴본다. 많이 낡았다. 나를 위해 만들어지기나 한 것처럼 당연하게 여기며 앉는 내가 좀 염치없는 짓이 아닌가 싶다. 세 사람 정도 앉을 수 있는 긴 의자다.

지금 생각해 보니 지금껏 나는 의자가 마음이 참 넓은 줄을 모르고 살아왔다. 공원을 산책하다가 좀 피곤해지면 의자한테로 갈 때는 어린 시절 나들이에서 돌아오는 엄마를 보는 느낌이다. 아무런 저항 없이 받아들였던 그런 엄마의 품속 같은 의자. 내가 덥석 안길 때마다 삶에 지친 엄마의 가슴이 이 의자처럼 삐꺽거렸을 게다. 아릴 때도 있었고 흐뭇할 때도 있었으리라.

생활에 지쳐있었던 지난날 엄마의 가슴이 지금 내가 앉아 있는 의자일지 모르겠다. 새삼 어머니 생각이 간절해진다. 이 의자는 나를 편안하게 해주는 엄마의 가슴이다. 포근하기만 했던 엄마의 가슴이 오늘따라 왜 이렇게 그리워지는 걸까. 엄마가 이 세상에 존재할 때는 느끼지 못했던 기분이다. 의자를 엄마의 젖가슴처럼 찬찬히 쓰다듬어 본다.

너덧 살 쯤 돼 보이는 아이가 내 앞을 질러 쪼르르 달려간다. 엄마 품으로 달려드는 아이. 저 아이는 얼마나 자라면 엄마의 가슴에 담긴 편안한 의자를 알아챌 수 있을까. 지금 저 아이에 비하면 훌쩍 자라 성인이 된 내 자식들은 제 어미의 편안한 의자를 깨닫고나 있을까. 아닐 게다.

앉아있는 의자를 다시 한 번 더 쓰다듬어 본다. 한 쪽 귀퉁이가 약간 늙은이 이빨 빠진 것처럼 휑하게 비어있다. 길쭉길쭉하게 살을 잇대서 만든 의자의 나뭇살이 가운데도 부러졌다. 많은 사람들을 쉬어가게 하다가 이렇게 되었을 게다. 자식을 다 키워내고 늙어버린 어머니의 가슴도 이렇게 너덜거리는 걸 감추고 있었을 게다. 어쩌면 우리 어머니 가슴이 이보다 더 너덜거렸을지도 모르겠다. 나는 한동안 일어나질 못하고 의자에 하릴없이 앉아 어머니의 가슴만 생각한다.

언제 어디서나 아픔도 무릅쓰고 자식을 품어주시던 어머니의 가슴인 낡은 의자. 나도 이 의자처럼 누구에겐가 부담 없이 앉으라고 내 놓은 적이 한 번이나 있었던가. 아닌 것 같다. 나는 아니다. 앞으로라도 아니지 않았으면 좋으련만.

나를 다 비우고 누군가가 와서 편안히 앉아서 쉴 수 있는 의자. 말로만은 참 쉬운 일이다. 언제 어디에 있든 의자는 앉을 사람을 기다리고 있는 것이다. 지치고 피곤한 사람을 편안하게 해주는 의자처럼 내 인생을 살 수는 없을까.

죽은 나뭇가지

'죽은 가지가 없으면 살아있는 나무가 아니다.' 모순일 수 있는 말이다. 또한 한 편으론 이치에 맞는 말이기도 하다.

창밖에 나무들과 눈이 마주친다. 늘 보아왔던 나무들인데도 오늘따라 생경하게 느껴지는 건 왜일까. 아니 내 눈이 지금 생경하게 보려고 발동하는 모양이다.

'아무도 나처럼 사물을 정확히 보지 못한다. 나는 원래 사물을 특별히 보는 사람이다.' 이런 전제로 자신을 추스르며 눈앞의 사물을 보려고 하는 내 습성 때문일까. 어디 사물뿐이랴? 사람을 볼 때도 색다른 눈을 뜨려고 하는 게 내 습성인 걸.

사람뿐이랴? 세상 이치도 그렇게 보려고 새김질을 하는 내 성격이다. 창밖에는 전나무, 왕벚나무, 단풍나무들을 처음 보는 것처럼 바라보는 중이다. 자주 보는 사람도 처음 만나는 사람처럼 살펴보면 새로움을 발견하게 된다. '저 사람은 자주 만나는 사람이네' 이런 맘으로 보면 늘 보던 그 사람으로만 보인다. 하지만 처음 대하는 사람으로 보면 진짜 처음 만나는 사람으로 보인다. 이럴 땐 전에 없이 그 사람에게서 새로움을 발견하게 되기도 한다.

왕벚나무 짙푸른 이파리 사이로 죽은 가지를 감추고 있는 게 새삼스럽게 보인다. 그냥 무심코 볼 때는 몰랐던 죽은 가지들이다.

아들 딸 9남매를 낳으셨던 어머니는 101살에 돌아가셨다. 저 나무가 죽은 가지를 달고, 잎사귀로 감추고 있는 것처럼 살다 가셨을 거란 생각이 문득 든다. 어디 나의 어머니뿐이랴. 많은 어머니 아버지들이 그랬으리라. 어디 자식을 낳고 기르는 부모뿐이랴? 세상에 왔다가 가는 인간들 모두는 죽은 가지의 아픔을 안고 아무렇지 않은 듯 살다가 갔을 게다. 또한 가야했던 것이다.

여름의 고목들은 멀리서 보면 푸르고 울창한 자태를 의연하게 보여준다. 죽은 가지들을 많이도 감추고 있는 채. 지금 내가 앉아서 차를 마시는 휴게실엔 화분에 심은 벤저민나무 두 그루가 보통 성인의 키를 훨씬 넘게 자랐다. 화분은 넓은 대지가 아니라 제한된 자리다. 햇빛도, 빗물도 직접 받아먹지 못하는 데도 잎사귀는 윤기가 번드르르하다. 참 신기하다. 가까이 다가가서 손톱으로 약간 으깨본다. 생목이라는 걸 확인이라도 하려는 듯.

가까이서 찬찬히 들여다보니 가지 사이사이에 아주 짧디짧은 죽은 가지들이 드문드문 달려있다. 아픔과 함께 하는 게 생명체라면 죽음과 같이 있는 게 또한 삶인가 보다.

'죽은 나뭇가지가 없으면 살아있는 나무가 아니고, 아픔과 병을 지니고 있지 않으면 살아있는 사람이 아니다.' 이렇게까지 확대해석 해 본다. 아마 틀린 말은 아닐 거란 생각이 든다.

하루를 지내다 보면 죽은 나뭇가지 같은 일들이 부딪칠 때도 있다. 일 년, 십 년, 아니 일생을 살다보면 죽은 나뭇가지처럼 아픔을 달고 살기 마련이다. 싱싱하게 산가지만 달고 있는 나무는 아직 어린 나무밖에 없다. 나이가 들고 세상 풍상을 겪게 되면 자연적으로 죽은 가지가 생기게 마련이다. 피부에 흉터와 여러 가지 자국이 생겨나듯 말이다.

생과 사를 한 몸에 짊어지고 살아야 하는 삶이기에 탓할 일은 아니다. 어차피 생이 그런 것을 어쩌란 말인가!

마음 깎기

네모로 생긴 셔터 문을 연다. 네모난 유리문을 여닫는다. 사각인 책상 위에 네모진 책을 읽는 내 맘도 네모다. 네모난 벽돌로 지은 집 내부와 바깥도 사각형이다. 기다란 간판도 직사각형이다. 포장해 놓은 물건들도 사각형이다. 길바닥 보도블록도 네모꼴이다. 빌딩들도 네모꼴 형태로 세워져 있다. 온통 세상은 네모꼴이다.

나뭇잎도 둥글거나 타원형이거나 세모에 가깝지만, 유심히 살펴보니 그 속엔 네모꼴이 숨어있다. 자동차번호판도 네모다. 자동차도 자세히 들여다보니 작은 네모들이 합해서 큰 네모를 겹겹을 이루고 있다.

앞에 걸어오는 사람 얼굴도 둥글지만 전체 체형이 기다란 직사각이다.

'저 사람은 모가 난 사람이야. 자네는 마음이 둥글둥글해서 좋아. 마음이 너무 모가 나서 가까이 하고 싶질 않아. 모가 난 마음이라 접근하기 힘들어. 꼭 그렇게 모나게 굴 필요가 있어. 왜 그렇게 모나게 살지.'

사람의 성격을 거론할 때 듣는 네모난 말도 있다. 사람들은 제각각 다르고 다른 모양의 마음을 가지고 있지만 네모들이다.

마음은 보이지도 않고 잡을 수도 없지만 있다는 것은 누구나 안다.

'마음이 넓다. 마음이 크다. 마음이 둥글다. 마음이 모나다. 마음이 좁다. 좁쌀영감탱이처럼 찌질하다. 쩨쩨하다.' 보이지 않는 사람의 마음이지만 구체적인 그 형태를 짚어가며 모양새를 거론하는 말들이다.

모두가 네모여서다.

　우리는 네모꼴의 집에서 네모 방에서 살고 있다. 침대, 텔레비전, 서랍, 장롱, 창문, 욕실 타일 등등 네모꼴이다. 안전감이 있어 네모꼴로 만들기를 좋아할 거라 핑계를 댄다. 우리는 네모 만들길 좋아하면서도 네모난 마음을 싫어하는 모순을 지니고 살아간다.

　내 마음의 모양이 무슨 모양인지 관조하고 또 관조해 본다. 각이진 네모꼴이다가도 금방 둥글어지기도 하는 게 내 마음의 꼴이다. 넓고 크다가도 갑자기 바늘 하나 꽂을 수 없이 좁디좁아지기에 익숙하다.

　둥글둥글. 어디서나 잘 굴러갈 것 같다가도 뾰족뾰족 날이 서는 내 마음. 내 마음도 살고 있는 집처럼 단단할 때도 있지만 오래 유지가 안 된다. 어찌 이렇게 요사스럽게 시시때때로 변화무쌍하게 생긴 내 마음일까. 마음은 내 것인데도 그것을 명확하게 안다고 말하지 못하겠다.

　'그 사람은 마음이 참 좋다. 정말 착하다. 너무 넓다. 참으로 크다.'

　나는 남의 마음은 각양각색으로 평가를 잘도 한다. 내 마음은 모르면서.

　내가 사는 집엔 둥글고 넓고 작고 큰 물건들로 채워져 있다. 각양각색의 물건들을 휘휘 둘러보다가, 내 마음속을 다시 한 번 둘러본다. 타인을 상하게 하는 직각의 마음, 예리하게 각이 선 마음들이 많다. 누구를 만나도 잘 적응할 수 있는 마음으로 둥글게 깎았으면 좋겠다.

　마음속에 모난 걸 하나하나 치워내는 작업을 해야겠다. 타인이 둥근 마음만 남았다고 말할 수 있을 때까지 모난 쪽을 갈고 또 갈아 봐야겠다. 둥글둥글할 때까지 마음 깎는 작업이나 열심히 해보리라.

뜨거운 물 마시는 것처럼

도서관 벤치에서 뜨거운 커피를 한 잔 빼다 마시고 나서 정수기에서 뜨거운 물을 벌써 석 잔째 마신다. 섭씨 33도라는 한 여름의 날씨가 더위를 밀어 올리느라 기승을 부린다. 이열치열이라는 체험 없이 흔하게 툭 던지는 말을 실천하기 위함이 아니고 내 나름대로 더운 날 뜨거운 물을 마시는 철학이 있어서다. 누가 들으면 개똥철학이라고 비아냥댈지라도 말이다.

뜨거운 물을 정수기에서 일회용 커피 잔에 가득 채워서 서성이는 사람들 틈 사이로 조심조심 걸어 벤치로 돌아온다. 종이컵이 무척 뜨겁다. 끝부분을 잡아야하니 정신집중이 된다. 벤치 곁 창틀에다 살며시 얹어 놓고서야 마음이 놓인다. 찬물에 비해 무척이나 행동이 조신해진다. 뜨거운 물 한 컵에서 신중함을 배우게 된다. 뜨거운 물을 컵에 가득 채워 사람들 사이를 비집고 걸을 때는 맞선장소의 예비신랑신부의 심정이라고나 할까. 일상생활에서 뭘 할 때 이렇게 마음챙김이 있었던가.

휴게실엔 컴퓨터에서 좌석번호표를 뽑으려고 기다리거나, 삼삼오오 모여 이야기를 하며 쉬고 있는 사람들이다.

뜨거운 물 컵을 들고 걷는 건 나보다 남을 더 찬찬히 살피는 마음이 앞선다. 모든 사람들을 이렇게 조심스럽게 대한다면 좋겠단 깨달음이 다가온다. 뜨거운 종이컵은 중용의 도를 느끼게 한다. 왼손으로 컵의 테두리 부근을 잡고 오른 손바닥으로 받치고 조심스럽게 걷는 공손함으로 타인을 대하는 조신함으로 인간관계를 형성한다면 어떨까. 한 여름 뜨거운 물 한 컵이 내게 수련이며 수양이 되는 순간이다. 작은 체험을 그저 흘러버리지 않으면 큰 깨달음이 따르게 된다는 작은 행동이 오늘따라 큰 울림으로 다가오는 느낌이다.

창틀에 뜨거운 컵을 올려놓고 되새겨 본다. 내가 지금처럼 조심스럽게 남을 대한 적이 얼마나 있었던가. 근사치에도 이르지 못하는 일이다. 뜨거운 물 한 컵이 나의 삶을 반추해보게 한다. 폭염의 날씨에 이렇게 뜨거운 물을 마시지 않았더라면 느끼지 못했을 감정이다.

뜨거운 물 컵을 위아래 입술에 조심스럽게 가져다 댄다. 아주 서서히 빨아들인다. 미세하게 흐르르 입안으로 빨려든다. 아주 적게 빨아들이는 양이라서 입안 온도와 거의 같은 느낌이다. 세게 빨아들이면 뜨거움을 견디기가 어렵다. 연달아 세 번을 마시고 나서 잠시 쉰다. 잠시 쉬면서 힘든 일 앞에선 조심스럽게 접근하는 법을 배운다. 물 한 컵을 마시는데 이런 신중함이라면 음식 잘못 먹어 병이 나지는 않을 거란 생각도 든다. 매사에 뜨거운 물을 마시듯 한다면 천천히 생각하는 성찰이 따를 것이다. 음식에 대한 고마움을 느낄 것이다. 육안으론 볼 수 없는 전력의 고마움도 되새겨 본다. 뜨거운 물을 다시 떠와서 마시려니 돌아가신 어머님이 생각난다.

어머니는 백 살이 넘으실 때까지 질긴 육 고기를 잘도 잡수셨다. 양쪽 어금니가 종적을 감춘 지 오래인데도 너무 신기해서 나는 곁에서 유심히 살펴보곤 했다. 씹는 횟수가 꼭 84번 이상이었다. 어머님이 음식을 드실 때는 몰입이고 집중이셨다. 나도 뜨거운 물을 마실 때 함부로 마시지 않고 마음챙김을 앞세운다. 어머님이 정신집중으로 음식을 오래오래 씹으며 무슨 생각을 하셨는지는 모르겠지만 나는 먹고 마시는 것에 대한 고마움을 챙기는 습관을 들이려고 노력하는 편이다.

먹고 마시는 것에 집중이 익숙해진다면 걷는 것, 행하는 각종 행위도 소홀하지 않게 되리라 싶어서다. 어머님이 음식을 드실 때 어떤 초

월된 도인처럼 보일 때가 있었다.

나는 아직도 연천한 삶 때문에 뜨거운 물 한 컵 마시면서 이렇게 생각이 많아지는 걸까. '하지만 앞으로도 계속 뜨거운 물 마시기를 중지하지 않으련다.'

뇌에게 말을 걸면서 다시 남은 물을 훌훌 마신다.

꼭 한 가지 일만

아침에 눈이 떠질 때 제일 먼저 벽시계가 시야에 들어온다. 찬찬히 바라본다. 하루하루가 지나가고 있는 걸 정확하게 알려 주니 참 고마운 존재다.

밖으로 나와서 욕실로 들어간다. 편리한 도구들이 많이도 있다. 배설을 돕고 깨끗이 씻게 하는 물건들이 많이 있다. 거실로 나와서 스트레칭 운동을 시작한다. 깔고 운동하는 담요는 참으로 고마운 물건이다. 운동하며 텔레비전을 켜니 리모컨이 정말 고맙다. 거실의 여기저기를 새삼스럽게 둘러보니 유용하고 편리한 사물들로 꽉 차 있다.

거실에 있는 물건들을 세어본다. 백여 개까지 세다가 그만 둔다. 오래 사용한 물건은 많이 낡았지만 아직도 덜 낡은 물건들이 더 많다.

집안에서 사용하는 물건들을 일일이 관조하다 보니 이 세상에 온 나 자신과 물건들이 꼭 같은 신세란 생각이 든다. 나도 이 세상에 와서 곧장 늙어가는 쪽으로만 진행해왔다. 지금 내 집에 있는 물건처럼 낡아지다가 쓰지 못할 정도가 되면 이 세상에서 사라지게 될 것이다.

나도 우리 집에 있는 물건들처럼 많이 낡았다는 느낌이 갑자기 든다. 물건들은 저마다 하는 일이 다르듯 태어난 인간도 저마다 하는 일이 각각이다.

나는 무엇을 어떻게 하다가 내게 부여된 생을 끝마칠까 골똘히 생각해 보니 허망하고 허탈한 기분이 든다. 아마 내가 한 일이 뚜렷이 없어서겠지.

내가 지금까지 얼마나 많은 일을 했을까. 욕실에 있는 대야나 거실에 있는 텔레비전이나 서랍이나 장롱처럼 자기 할 일에 충실해왔을까. 자문자답을 해보지만 신통치 않아 머뭇거려만 진다.

인간이 사용하는 많은 물건들이 각각 하는 일에 대해 등급을 매길 수 없는 일이라 나를 스스로 등급을 매기기가 쉽지 않은 것 같다. 아니 등급을 매기기가 싫다. 집안에 있는 물건 중에는 할 일이 없는 건 하나도 없다. 자기의 운명대로 일하다가 낡아가는 물건들이 내 눈 앞에서 왠지 오늘따라 강한 메시지를 전해주는 느낌이다.

나도 우리 집에 있는 물건들처럼 무슨 일이든 하고 간다는 것이 정해진 사실이다. 알차게 할 일을 못한 탓에 이렇게 허허한 건가. 지금 내 눈 앞에 있는 많은 물건처럼 나도 이 세상의 한 귀퉁이라도 떠받들어 주는 일이 있었을까. 아무리 관조해 봐도 보이질 않는다. 오늘처럼 이렇게 내 생이 빈껍데기처럼 허허하게 느꼈던 때가 없었던 것 같다.

집안에 있는 물건들이 아침 내내 나를 쏘아보고 있는 느낌이다.

'너는 세상을 위해서 뭘 했었니?'

세수 대야도 의자도 소파도 텔레비전도 유리창문도 선풍기도 에어컨도 모두모두 내게 질문을 던진다. 아니 야유를 던지고 있다는 표현이 적절할 것 같다.

아침 내내 답을 찾으려 나를 관조해보지만 아무런 대답을 건지지 못하고 만다. 이제껏 살아왔던 게 진공상태처럼 갑자기 느껴진다. 물건들을 관조하면 할수록 더없이 내 모습이 작게만 보인다. 이것저것 하고픈 것보다 내가 꼭 해야 할 한 가지만을 찾았으면 물건들에게 부끄럼 없이 함께 할 수 있을 것 같다.

노인과 젊은이

"요즘 젊은 것들, 도통 버르장머리가 없어, 니 새끼나 내 새끼나!"

종묘 공원을 가로 질러 바쁘게 지나가는데 칼날처럼 날아오는 말소리가 잠시 가는 길을 멈추게 한다. 한겨울 잠들어 있는 방의 창문을 갑자기 활짝 열 때처럼 머릿속에 찬바람이 확 덮치는 느낌이다.

사람은 세월이 흘러가면 얼굴의 주름을 막을 수는 없는 일이다. 몸도 왜소해진다. 하지만 자라는 곳도 있다. 마음이다. 마음이란 노력하면 반드시 자라난다. 몸은 점점 작아지지만 생각과 마음, 정신만은 죽을 때까지 키워나갈 수도 있는 법이다.

나이가 들면 저절로 자란다고 생각되어 종종 '나잇값을 해라' 하는 충고를 하기도 한다. 나이가 많아질수록 내면도 저절로 풍부해지라 믿기에 이런 말이 회자되는가 보다. 속이 좁거나 크지 못한 사람에게 '나잇값'이란 핀잔을 주기도 한다.

정원에 심어 둔 나무처럼 세월이 흘러가면 저절로 커지는 것처럼 인간의 내면이 자연스럽게 성숙해진다면 좋겠지만 그렇진 않은 게 인간이다. 스스로 키워 내는 게 내면세계다. 나잇값은 저절로 되는 게 아니고 자신이 키워야한다. 환경이 저절로 만들어주는 건 아니다.

의연하게 버티고 서 있는 거대한 고목이 그냥 저렇게 된 것이겠는가. 모진 풍우와 한설을 이겨내면서 키워낸 건 오직 고목나무 자신이다.

나이가 들어가면서도 책을 더 많이 읽으려고 애쓰는 건 나의 내면을 조금이라도 키우기 위함이다. 좋은 생각을 많이 하는 것도 내면을 키우는 일이다. 나이가 들어갈수록 시대의 흐름을 잘 짚어 내는 사람은 내적인 성장이 잘된 사람이라고 할 수 있겠다. 나이가 많은 이들은 젊은이들이 늙은이를 싫어하는 이유도 찬찬히 짚어봐야 한다. 늘 옛날 것만 고집하고, 옛 것만 생각하며 그 잣대로 젊은이에게 강요하려고 하는 건 아닌지. 어쩌면 젊은이가 가장 싫어하는 이유가 될지 모르겠다.

낡은 기계로 무언가를 만들려고 하면 잘 안 된다. 낡은 사고에서 벗어나려면 쉬지 않고 변해가는 현실을 직시해야 한다. 또 배움의 끈을 놓지 말고 꼭 붙잡아야 한다. 책 속엔 늙어가면서 배워야할 것들이 많이 들어 있다. 보지 않고 읽지 않고는 시시로 변해가는 시대에 적응할 수는 없는 일이다. 나이 많은 이들이 녹슨 경험으로 젊은이들을 훈계하려거나 이겨내려는 건 무모한 일이다. 자신을 더욱 외롭고 소외당하게 만드는 일이다.

"여러분은 지금 낯선 이국인들과 살고 있는 중입니다. 아들딸과 손자손녀들은 전부가 외국인들입니다."

어느 노인복지관에서 교양강좌를 하면서 첫 말문을 이렇게 열고 시작하니 모두가 어리둥절 하는 거였다. 아들딸과 손자손녀들과 대화가 통하지 않는 경우가 허다해서 하는 말이다. 서로의 말을 알아들을 수 없으니 이방인과 사는 꼴이 아니겠는가.

오늘날 우리가 사는 환경이 어디 젊고 늙음으로만 경계가 되겠는가. 부자와 가난한자, 권력자와 지배당하는 자, 나의 종교와 남의 종교, 너와 나, 우리와 타인들, 고위층과 중산층과 서민층 등등…, 우리는 이렇게 혼란스런 속에서 살아가고 있다.

종묘공원에서 노인들이 젊은이들을 성토하는 목소리가 머릿속을 계속 맴돈다. 볼일을 보고 오면서 일부러 종묘공원을 외돌아서 온다.

'노인들이 현세를 똑바로 보는 시각이 열렸으면 참 좋겠다.'

군담을 하면서 걷는 내 발걸음이 더욱 무겁기만 하다.

인간백화점

　백화점에 물건을 구경하면서 휘휘 한 바퀴 돌아본다. 참 많은 물건들이 쌓여있다. 세상에 만들어 놓은 물건과 사람의 숫자와는 어느 정도의 비율이 될까. 갑자기 그런 생각이 든다. 물론 인간의 숫자는 물건에 비해 턱없이 부족할 테지.

　지구상 인구가 곧 70억이 넘을 거라고 한다. 상상하기 힘들 정도다. 70억 인간 중 알코올 중독자는 몇 억이나 될까. 남의 것 훔치는 걸 업으로 하는 도둑님은 몇 억이나 될까. 남을 위해서만 살려고 애쓰는 이는 몇 천만, 몇 억쯤 일까. 니코틴 중독자는 또 얼마나 될까. 깡패라는 이름으로 남과 다투기만 하는 인간은 또 얼마나 될까. 생각할수록 자꾸 궁금해지는데 스마트 폰에 있는 계산기로 즉석에서 해답을 뽑아 봤으면 속이 시원하겠단 생각이 자꾸 든다.

　지구별에 많은 종류의 인간들도 백화점 물건처럼 종목별로 일목요연하게 정리해 놓을 수만 있다면 얼마나 좋으랴. 지금 이곳에 같은 물건끼리 깔끔하게 정돈해 두듯 인간도 코너별로 정리해서 바코드를 붙이고 살아가게 했으면 참 좋겠다. 도둑은 도둑대로 깡패는 깡패대로 한 군데 살게 하면 선량한 사람은 안심이 될 게다.

　지금 이 백화점처럼 인간을 정리해서 살아가는 구역이 따로 있다면 자신의 성분에 맞는 곳을 찾아서 살면 정말 편리하겠지. 백화점 물건을 구경하다보니 이런저런 생각들이 자꾸 꼬리를 물고 잇따른다.

　만약 내가 인간을 만든 조물주였다면, 일찍이 백화점 물건처럼 편리하게 정리해 놓았을 게다. 잘 정돈해 두면 타인으로부터 본의 아닌 피해도 받지 않을 수 있어서 좋을 듯싶어 이런 엉뚱한 생각을 해 본다.

유유상종이란 말이 있지만 세상살이가 어디 친구 사귀듯 끼리끼리만 만나며 살아갈 수 있겠는가. 부모 자식 사이에도, 부부지간에도 힘든 일이 많은 세상에.

백화점을 한 바퀴 다 돌고날 때까지 인간과 물건 생각에 정신이 팔려 살 것도 제대로 사지 못하고 말았다. 물건보다 인간문제가 더 우선이어야겠지만 어디 이런 몽상 같은 생각이 통하기나 하겠는가. 나는 좋은 물건, 좋은 인간, 비싼 물건, 비싼 사람들을 잘 분리해서 대하며 살아야겠다는 생각으로 결론을 내리고 나니 그냥 공상으로만 끝나는 게 아닌 듯싶다.

백화점을 나와 거리에 많은 사람들을 틈새를 비집고 걷는다. 거리엔 좋은 물건, 좋은 건물, 좋은 사람들도 참 많다. 눈앞에 보이는 모든 세상은 인간백화점이다. 물건처럼 내 맘대로 고를 수도 있어서 말이다. 인간백화점 속에서 나도 짝퉁이 아닌 좋은 물건이 되고 싶을 뿐이다. 인간백화점에 대한 이런저런 생각을 하면서 집이란 더 작은 백화점에 도착한다.

매일 감상하는 영화

아들이 영화 관람권을 끊어줄 테니 영화를 보라고 전화가 왔다. 아내는 가기 싫다고 한다. 나도 마음이 내키지 않아 그냥 아내의 의사에 동의한다.

아들의 전화를 끊고서 가만히 생각해보니 매일 영화 한편을 본다는 느낌이 든다. 하루의 생활 속엔 텔레비전에서 20초짜리 짧은 광고화면 같은 영화를 쉬지 않고 엮어가는 셈이다. 하루는 24시간짜리 영화다. 한 시간은 분 단위의 영화 60편이다. 어떤 장면이든 쉼 없이 영화 화면처럼 우리 앞에 사건이 펼쳐진다. 즐거운 화면이든 괴롭거나 슬픈 화면이든 거절하지 못하고 우리는 그것을 받아들이고 또한 봐야 한다. 어느 화면은 오래 잡아 두고 싶지만 무정하게 금방 지나가버린다. 사랑하는 사람을 만나는 화면은 정말 빠르게 지나간다. 어떤 이에겐 괴롭거나 슬픈 화면이 더 오래 머물기도 한다.

이미 제작된 필름이 순서대로 펼쳐지고 있지만 관객인 우리는 그 순서를 제대로 알질 못한다. 순서도 다음 장면도 알 수가 없어 인생영화는 더 재미있고 더 슬픈지도 모르겠다. 우리 앞에 전개되는 화면을 보면서 몹시 실망할 때도 있고 만족할 때도, 너무 환희로움을 억제하기 힘들 때도 간혹 있다.

기쁨과 슬픔, 고통, 행복 등등은 우리 앞에 전개되는 짧은 영화다. 슬픈 영화라고 실망만 할 필요는 없다. 장면은 금방 또 바뀌니까. 크게 실망에만 빠져있을 수만은 없는 일이다. 어떤 영화를 어떻게 보고 어떻게 감상하느냐에 따라 우리는 인생영화가 길고 지루하기도 하고 짧고 감동적이기도 한 것이다. 인생영화는 제작의 법칙보다는 감상의 법칙에 더 중점을 둬야해야하지 않을까 싶다. 영화를 감상하기 나름이 니까.

한 쪽 팔과 다리를 잃고도 꿋꿋이 긍정적으로 살아가는 인생영화도 있다. 반은 죽은 몸으로서도 앞에 닥쳐오는 화면을 아주 활기차게 대하는 이도 있다. 인생영화의 제작은 운명이 만들어주지만 그 감상법은 제마다 다르다. 같은 화면을 보고도 웃으면서 용기를 내는 이가 있는가 하면 슬픔에 빠져 헤어나지 못하는 이도 있다.

오늘도 하루를 보내고 잠자리에 들기 전에 눈을 감고 내 앞에 스쳐간 화면들을 일기를 쓰기 위해 되감기를 해 본다. 참으로 많은 장면을 감상하며 지낸 하루다. 스쳐간 화면들을 일기장에 또박또박 씨앗처럼 심는다. 지난 일기장을 볼 때면 50년 이상 심은 씨앗들이 발아를 기다리고 있는 느낌이다.

매일매일 다가오는 화면들을 좀 더 긍정적으로 감상해야겠다. 잠자리에 들어가니 화면이 자동으로 꺼진다. 잠자는 동안 인생영화 화면은 꿈이라는 이름으로 재생되기도 한다. 마음대로 감상할 수 없는 게 꿈의 영화다. 해서, 인생을 일장춘몽이라고 했다던가!

날마다 하는 기도

　직위가 높은 사람에게 정성을 가다듬고 인사를 합니다. 그 속마음도 똑 같을지 어떨지는 모르겠습니다. 회장님이나 상무님이나 부장님의 말씀을 정성스럽게 귀담아 듣고 있습니다. 마음속엔 조금이라도 거부감이 없는 건지 모르겠습니다. 비서는 모시는 상사의 일거수일투족에 온갖 정성을 다해 행동합니다. 꼭 하고 싶어서 그럴까요.

　모든 사람들이 나타내는 행위가 속마음의 진실만 표현하는 건지 모르겠습니다.

　맘에 쏙 드는 아가씨를 꼬드기려는 총각은 온갖 말과 행동을 보여줍니다. 속마음엔 그 반대의 요소는 들어있지 않은지 조금은 궁금해집니다.

　사업상 도움을 받으려고 온갖 애교를 다 해서 말 한 마디 행동 하나하나 조심스럽게 나타냅니다. 속마음도 거짓이 하나도 없이 똑같은 건지 알 수가 없습니다. 누구를 만나든 위에 열거한 정도로 정성을 드린다면 죄다 성공할 수 있으리라 믿습니다만 그것이 잘 통할 수 있을지 궁금하기도 합니다.

　상하와 재력과 권력의 유무를 떠나 온갖 정성 다하는 사람이라면 어떤 결과가 되돌아올까요. 재력이나 권력이나 사회적 서열이 나보다 못한 사람에겐 아무렇게나 대하는 사람이라면 인생의 결과가 어떻게 나올까요.

　사찰의 법당에서 온갖 정성을 다해 기도를 드리고 있습니다. 성당에

선 온 정신을 가다듬고 기도를 올리고 있습니다. 교회의 십자가 밑에서 잡념 없이 고요히 꿇어앉아 기도를 올리고 있습니다. 커다란 바위 앞에서 촛불을 켜 놓고 성심껏 기도하고 있습니다.

언제 어디서나 기도드리는 엄숙한 모습을 보고 있노라면 참 숙연해집니다. 기도를 올리는 모습은 무척 근엄합니다. 지켜보는 이마져 울컥 감격이 치솟습니다. 기도를 받는 대상도 인간처럼 감격적으로 받아들일지 알 수 없는 일입니다. 모든 사람을 만날 때 기도드리는 마음으로 대할 수는 없는 걸까요.

나는 매일 아침명상을 합니다. 나를 바라보고 알아차리려는 기도입니다. 새벽 산을 오르며 나무와 돌과 흙을 관조하는 것도, 산새의 소리를 새겨듣는 것도 정성을 다하는 나의 기도입니다. 기도하는 마음으로 모든 사람을 대하고자 다짐하고 또 다짐하지만 실천하기가 정말 어렵습니다. 어렵기에 더 가치가 있는가 싶어 노력하고 또 노력하렵니다. 어렵고 힘든 일일수록 더 가치가 있는 일이라고 순진하게 믿고 또 믿으렵니다. 이런 것들이 내가 조용히 기도드리는 일들입니다.

이것은 이것이고
저것은 저것인데

도道란 무엇일까!

저것이 저것이고 이것이 이것이란 것만 확실하게 알면 도는 이미 깨우친 셈이다. 저것이 저것인 줄 모르고 이것을 찾아 헤맨다면 허구한 날 찾아도 도를 알지 못한다. 도를 안다는 건 참으로 간단한 일이다. 이것이 이것이고 저것은 저것이고 그것이 그것인줄만 확실하게 안다면 이미 도를 논할 필요도 없으며 인생살이 한층 가벼울 것이다.

돌이 돌이고 흙은 흙인 것이다. 개는 개로 대해야 하는데 사람들은 개를 사람처럼 대하기에 개를 제대로 모른다. 이런 행위도 도를 모르는 일이다. 개에게 액세서리를 달아주고 디자인이 멋있는 옷을 입힌다고 해서 사람이 되는 것이 아니다. 개가 사람처럼 좋아하고 반긴다고 속단하면 도를 모르는 일이다.

자연을 자연 그대로 그냥 내버려 두는 것이 도를 행하는 일이다. 우주자연은 모두가 자동적인데 수동적으로 운전하려는 것도 도를 모르는 일이다. 자동으로 된 기계를 수동으로 움직이려고 자꾸 힘을 가하면 기계는 짜증을 내고 종내는 고장이 나게 마련이다.

자동으로 되어있는 세상사를 수동으로 움직이려는 행위도 도와 어긋난 짓이다. 도를 통하면 나도 편하게 살 수 있고 너도 살기가 훨씬 수월해진다. 너와 나 우리는 마음 넉넉하게 살아가려면 도를 깨쳐야한다.

　나쁜 짓을 저지르고 감옥을 가는 것도 도를 거스르는 결과이다. 욕을 먹는 것도 세상에 매도당하는 것도 도에 어긋나는 일이다. 깊은 산중 토굴에서 결가부좌를 틀고 앉아 명상하는 것만 도가 아니다. 세상을 거스르지 않고 자연스럽게 사는 것도 명상이고 도를 행하는 일이다.

　도를 닦는다는 사람도 많지만 도는 닦는 게 아니라 자연스럽게 받아들일 줄 아는 것이다. 도는 언제 어디서나 늘 자동으로 우리에게로 다가오고 있는 것이다. 다가오는 도를 거스르지 않고 그냥 받아들이는 것이 도를 잘 행하는 일이다. 도란 닦으려고 하면 힘이 들고 잘 닦아지질 않는 법이다. 도는 그냥 자연스럽게 맞이해야 하기에 제일 쉬운 일이기도 하다.

　상담 온 고객에게 아는 소리 몇 마디 툭 던지면 '아이쿠, 선생님 도인이시네요!' 이렇게 감탄하는 이도 더러 있다. 감탄할 일이 아니라 자연스럽게 사는 게 도를 행하는 것이라 참말을 해주고 싶을 뿐이다.

　우리 모두는 아무 거리낌 없이 그냥 살아가면 도를 잘 행할 것이다. 사람들은 자신도 모르게 자꾸 역행하면서 도를 찾으려고만 헛수고를 한다. 앞 서 간 분들은 도를 도라고 하면 이미 도가 아니라고 말했다. 이런 것이 도라고 하면 이미 도는 아니라는 뜻이다. 도를 깨달으면 이미 도는 사라져버리는 것이라고도 했다.

　아무런 제약 없이 홀가분하게 자동기계처럼 저절로 살아가는 이가 도인이다. 시쳇말로 '도란 참 쉽죠잉!' 이다.

맘속 유리

창밖에 은행나무 한가로이 서 있다. 있는 듯 없는 듯 침묵으로 존재하면서도 잎과 꽃을 피우고 열매를 맺음으로 존재를 확인시켜 준다. 창문에 닿을 듯 말듯 서 있는 은행나무를 볼 때마다 도道를 느끼게 한다.

은행나무는 말을 못하는 식물이지만 내게 많은 말을 하고 있다. 일년을 어느 한 계절도 빠짐없이 말을 하고 있지만 제대로 알아듣지를 못하는 나는 대꾸도 못한다. 그저 바라보고만 있을 뿐. 내게 삶의 방법을 이야기해 준다. 은행나무가 시시때때로 여러 가지 형상을 만들어 내지만 나는 그걸 제대로 깨닫지 못하여 은행나무가 그냥 서 있는 것으로만 보아왔다.

나신으로 침묵하며 서 있는 겨울의 은행나무를 물끄러미 바라본다. 내 시선이 투과하는 유리창이 없는 것으로 착각되듯 은행나무도 없는 걸로 느낄 때가 더러 있다. 창밖의 은행나무를 유심히 관조할 때는 창유리가 보이질 않는다. 아니 보지 못한다. 유리가 없는 것으로 느껴진다.

유리가 있다는 생각을 하며 다시 유리를 찬찬히 보니 이번에 은행나무가 보이질 않는다. 창문의 유리가 있는 건지 없는 건지 느껴지지 않을 때가 많다. 있는 듯 없는 듯 존재하기에 보이지 않기도 하고 보이기도 하는 유리다.

세상에 존재하는 모든 건 있는 것도 없는 것도 아니란 생각이 든다. 권력도 돈도 명예도 없는 것이다. 있는 것이라고 생각하여 휘두르기 때문에 부작용이 난다. 창문의 유리를 보려고 집중하면 유리창 저쪽에 있는 사물은 보이지 않듯 돈만 보려고 애쓰면 쓸수록 친구도 부모 형제도 보이질 않게 된다.

권력만 보려고 애를 쓸수록 백성도 보지 못하게 된다. 외물을 보려고 애를 쓰면 쓸수록 자신의 내면은 더욱 보이질 않는다. 남을 보려고 신경을 곤두세우면 자기가 보이질 않는다. 내 맘의 유리창을 통해서 밖을 보려고 집착하다가 내 안에 있는 것들 모두 보지 못하고 있는 이 순간이다.

나는 실체를 제대로 보지 못할 때가 많다. 관조할 줄은 더더욱 모른다. 유리를 통해서 저쪽 것을 볼 줄 몰라서 유리만 바라보는 바보인지 모르겠다. 나는 내 안에 내가 있는지 없는지도 모르는 순간이 많다. 내 안의 나는 창문 유리처럼 있는 듯 없는 듯 존재한다. 삼라만상은 있는 듯 없는 듯 그냥 있을 뿐이다. 볼 줄 아는 사람은 보인다고 말한다. 시각의 초점이 어딘가에 따라서 있기도 하고 없기도 하는 게 만물의 존재이고 이치이기도 하다.

있는 듯 없는 듯 제 자리에 모든 것은 있을 뿐인데, 볼 줄 모르는 이에겐 숨어버리는 게 삼라만상의 이치가 아닌지. 마음을 닦고 또 깨끗이 닦아 밖을 내다 봐야겠다. 유리에 집착하지 말고. 마음유리에만 집착하지 않으면 마음 밖의 모든 것들이 더욱 잘 보이리라.

나를 보려면 내안의 유리에 집착 않고 그냥 보면 잘 보인다. 나를 너무 의식하거나 애착하면 나라는 실체는 유리를 보고 유리 밖에 것이 안 보이듯 나도 잘 보이지 않는다.

뇌 과학자들은 사람의 뇌 안에 거울을 지니고 있다고 한다. 신생아실의 아기들이 부모의 얼굴 표정을 흉내 내는 모습을 볼 수 있다고 한다. 출생 직후에 모방이 가능한 것은 우리가 다른 사람의 행동을 지켜볼 때 마치 자신이 그 행동을 하는 것처럼 활성화되는 신경세포(뉴런) 집단이 뇌 안에 존재하기 때문이다. 이 뉴런은 남의 행동을 보기만 해도 관찰자가 직접 그 행동을 할 때와 똑 같은 반응을 나타내므로, 남의 행동을 그대로 비추는 거울 같다는 의미에서 거울뉴런(mirror neuron)이라 명명한 것이다. 이 거울이 바로 유리다. 유리를 통해서 밖을 볼 수 있지만, 유리만 보고 있으면 밖이 안 보인다는 걸 확연히 깨닫는 날 나는 나를 명확히 잘 볼 수 있으리란 생각이 자꾸 든다.

행복이 있는 산꼭대기

나는 지금 높은 산 정상에 올라와 있습니다. 넓은 시내의 시멘트 숲이 훤히 보입니다. 시멘트 숲에서 세상 소리들이 아련히 들려옵니다. 무슨 소리인지 도통 알아들을 수가 없습니다.

한참을 귀를 기우리고 명상의 귓문을 열고서야 소리를 명확히 들립니다.

마음귓문을 열고나니 사람들의 소리가 점점 커집니다. 고운 소리가 아니라 핏대 올려 울부짖는 소리 같습니다. 싸우고 다투는 소리가 더 많습니다. 질투하는 소리도 들립니다. 시기하는 소리도 많이 들려옵니다. 상대를 제압하려고 안간힘 쓰는 소리도 들립니다. 억울하다고 몸부림치는 소리도 애달프게 들려옵니다. 원한을 갚아야한다는 울분의 소리도 들립니다. 큰 자들에게 짓눌려서 신음하는 작은 분들의 애달픈 소리도 들립니다. 인간시장에서 덤핑으로 매매하는 소리도 들려옵니다. 인육시장을 방불케 하는 소리들입니다.

이 세상 떠나려면 얼마 안 남았다고 바삐 서두르는 소리들 같습니다. 인간시장바닥에서 들려오는 소리들이 애처롭습니다. 듣기 싫은 소리지만 모두가 인간들의 소리인 걸 어쩔 수가 없습니다.

잠시 발아래를 바라보니 웃음소리가 들립니다. 나무와 풀들과 자연의 웃음소리들입니다. 양보하고 서로 도우며 자생하자며 웃어대는 소리입니다.

새소리도 들려옵니다. 조화를 이루어야 행복해진다는 소리입니다.

온 산천에는 감동을 주는 음악을 연주하고 있습니다. 누군가와 같이 있으면 들리지 않지만 홀로 있을 때만 들을 수 있는 음악입니다. 많은 사람과 같이 있으면 절대로 볼 수도 없는 것들이 지금 자꾸 보입니다.

지금 나는 산꼭대기에 혼자 서 있습니다. 아닙니다. 나와 내가 둘이 되어 산꼭대기에 와 있습니다. 정말 즐겁고 행복하다는 걸 깨닫는 순간입니다. 저 아득한 시야의 시멘트 숲에서는 아비귀한의 소리들이 계속 멈추지 않습니다.

내가 서 있는 산에서는 아름다운 소리들만 생산해내고 있습니다. 이런 곳에 올라와서 이런 소리를 들을 수 있다는 게 정말 행운입니다. 이런 소리를 들을 수 있는 마음의 귓문이 열린 게 정말 다행입니다.

세상에 태어난 즐거움이 지금 막 여기에 있다는 것을 일찍이 깨닫지 못한 게 후회스럽습니다. 참 행복한 순간입니다.

큰 둘과 작은 하나

커다란 둘이 걸어가고 있습니다. 커다란 둘 가운데 걷는 아주 작은 하나의 눈엔 정말 커다란 둘입니다. 작지만 커다란 둘보다 더 넓은 공간을 차지하고 걸어갑니다. 작디작지만 언제 어디서나 큰 둘보다는 넓은 공간을 차지합니다. 공간을 다 내주고도 좁아보여서 큰 공간을 만들어주려 늘 커다란 둘은 애씁니다.

큰 둘이 작디작은 하나를 볼 때는 자신들보다 훨씬 더 넓고 더 커 보입니다. 큰 둘은 넓고 더 큰 자리를 주지 못해 늘 안타까워합니다. 커다란 둘이 차지하고 있는 것으론 작은 하나에게 채워주질 못해 늘 안달입니다.

집에 돌아가서도 마찬가지입니다. 넓은 쪽을 다 내주지만 커다란 둘의 눈엔 좁아 보여 안타깝습니다. 커다란 둘은 지니고 있는 전부를 내주고도 부족해서 세상 어디에도 마다않고 돌아다니면서 작은 하나에게 채워줄 걸 찾아다닙니다.

작디작은 하나를 위해 커다란 둘은 온갖 노력을 기우려 채워주려 애씁니다. 큰 둘은 이 세상에서 살아가는 목적이 작은 하나를 채워주기 위함밖에 없습니다. 작은 하나는 큰 둘의 그런 모습을 보면서도 알지를 못합니다. 작디작은 하나는 성장하여 커다란 둘이 되어서야 고마움을 알 수 있을 겁니다. 양쪽에서 큰 둘이 작디작은 하나의 손을 잡고 다정하게 걸어가고 있습니다.

나는 셋이 눈앞에서 사라질 때까지 하염없이 그들의 뒤를 바라보고

서 있습니다. 나도 저런 때가 있었을 것이라는 생각 때문에 그들이 사라질 때까지 가던 길 멈추고 하염없이 바라봅니다. 그들의 흔적이 사라질 때까지 갈 길을 멈추고 마냥 서 바라보는 이유는 저승에 계신 나의 큰 둘의 그리움 때문인가 봅니다.

큰 둘 때문에 작디작은 나도 이제 큰 둘이 되어 살아가고 있습니다. 나도 작디작은 것에게 다 주고도 모자라서 찾아 헤매는 흉내만 내며 산 것 같습니다. 나의 작은 것들도 큰 둘이 되어 작디작은 것을 만나 다정하게 손잡고 인생길 걸어가기를 마음속으로 빌어봅니다.

오늘따라 나를 이 세상에 오게 만든 큰 둘이 간절하게 그립습니다. 셋이 지나간 길엔 이제 아무 것도 보이질 않습니다. 승용차 한 대가 먼지를 일으키며 다가오고 있습니다. 셋의 흔적을 무자비하게 지워버리고 지나가는 것 같아 아쉽습니다. 다정하게 걷던 셋이 지나간 길이 영원히 남길 바라지만 차가운 세상바람이 마구 휩쓸고 지나갑니다.

너무너무 차가운 세상바람입니다. 그래도 또 셋은 이 길을 걸어갈 것이란 생각이 듭니다. 영원히 이 길을 걸어갈 것이라는 생각을 버릴 수가 없습니다.

사랑이란

"쯧쯧쯧… 저게 뭔 꼴이야 에잇!"

"요즘 젊은 것들 꼬락서니를 보면 아무런 개념이 없다니깐!"

남자 노인 둘이 내 곁을 스쳐 지나가면서 큰 소리로 핀잔을 준다. 가래침까지 길 바닥에다 확 뱉어대는 모습이 섬뜩하기까지 하다. 방금 지나온 길에 20대 초반 쯤으로 보이는 남녀가 대로에서 부둥켜안고 입맞춤하는 걸 보면서 나는 젊음의 특권이라고 부러워하기까지 했는데 내 앞에서 핀잔을 주면서 지나가는 노인들에 비해 내가 세상감각이 너무 무딘 게 아닌가 싶은 생각까지 든다.

젊은이들은 대중이 지나다니는 길에서나, 다중이 모여 있는 공원 같은 데서도 장소를 가리지 않고 요즘은 애정 표현하는 걸 서슴없이 하곤 한다. 방금 전에 껴안고 있는 모습을 보면서 '사랑'이란 사람을 어떻게 만드는 것인가를 곰곰 생각하며 걷는 내게 욕설에 가까운 말을 토하고 지나가는 이들이 찬물을 확 뿌린 느낌이다. 내게 욕을 하는 느낌까지 들어서 정신을 바짝 차리고 생각해 본다.

'사랑'은 어떻게 만드는 걸까. 사랑은 나를 바꾸는 일까지 할 수 있다. 나를 돌아보게 하는 일이기도 하다. 사랑은 내 마음을 정화하는 일이다. 사랑은 또 내 마음을 한 없이 넓게 하는 일이기도 하다.

길에서 껴안고 있던 젊은이들도 헤어지고 집에 돌아가선 서로를 그리워할 게다. 좀 더 잘해주는 방법도 생각해낼 것이고 세상에서 제일 좋은 것을 주고도 싶어 할 것이다. 제일 좋은 말만 골라서 주고 싶을 게다. 자기를 희생해가면서까지 더 잘 해주고 싶어지기도 할 것이다.

　연인에게 잘해 주고 싶은 모든 생각들과 그 실천들은 그의 자신을 더 새롭게 만들어 주는 역할도 한다. 사랑이란 마음속에 없던 것도 새로 만들어내기도 한다. 더 사랑을 주기 위해 좋은 아이디어도 마구 분출한다. 여기까지 생각하다 보니 세상에 사랑만큼 좋은 재료가 또 어디 있을까 싶다.

　'사랑'은 많은 것을 만들어 낸다. 많이 변하게도 한다. 내 것이 아니고 주기 위한 것이니 네 것이고 내 안에서 나오니 내 것이기도 하다. 사랑은 서로 합해서 만들어지는 진한 화합물질이다.

　'사랑'은 저금통장에 액수가 불어나듯 계산만으로는 측적이 안 된다. 장사처럼 철저하게 계산하는 것이 아니라야만 더 좋은 사랑이 될 수 있을 게다. 간혹 계산을 철저하게 하는 사랑도 있긴 있다. 그런 사랑은 계산이 충족되지 않으면 금방 변질해버린다. 적자이든 흑자이든 상관치 않는 게 사랑계산법이다.

　길가에 젊은이들의 포옹이 참 아름답다고 생각했던 나와 마구 질타를 하며 지나간 이들과는 어떤 차이가 있는 걸까. 내가 옳고 네가 그르다는 이분적인 사고로 해석하고 싶진 않다.

　나의 관점과 그들의 관점을 조합해서 좀 더 생각해 보기 위해 나는 계속 그 장면을 계속 떠올려 본다.

　내가 옳다고 하는 것이 100% 다 옳은 법은 없다. 상대가 그르다는 것도 100% 다 그르다는 법도 없을 거라고 계속 따져본다.

　'사랑' 그 자체만은 참 아름다운 것. 자라기도 하고 시들어서 말라버리기도 하는 것이 사랑이다. '사랑' 이것 하나를 결론을 내리지 못하는 내가 왜 이렇게 나이만 많이 먹었을까. 암튼 오래오래 더 생각해 보아야겠다. 사랑이란 어떤 것인가의 해답이 나올 때까지 말이다.

해석하기 나름

여자들 대 여섯 명이 모여서 떠들어댑니다. 늙었다면 서운하고 아직 젊다면 좋아라할 나이쯤 되지 않았나 싶습니다. 커피숍에 있는 다른 사람들은 아예 안중에도 없는 모양인지 이야기에 도취되어 큰 소리로 떠들어댑니다.

궁금증에 안달이 난 내 귀의 안테나는 그 쪽으로 자꾸자꾸 쏠려갑니다. 어젯밤에 자신도 모르는 사이에 일어난 일들에 대해 떠들어대고 있습니다. 잠속에서 일어났던 일을 멀쩡히 낮 정신으로 얘기들을 하며 열을 올리는 게 참 흥미진진합니다.

상여를 본 꿈이라 재수가 있을 거라 방실거리며 자랑하는 게 참 흥미롭습니다. 상여란 인간을 마지막 보내는 도구입니다. 본인이 만들지 않아도 되는 일입니다. 한 여인은 꿈에 시체를 보았으니 복권을 사겠다고 단단히 벼릅니다만 자기 집에 시체 볼 일이 없는 현실이 더 좋지 복권 사는 게 뭐가 그리 좋은지 싱글벙글하는 모습을 이해할 수가 없습니다.

연장에 다쳐서 피가 줄줄 흐르는 꿈꿔서 기분 좋다고도 합니다. 재수있는 꿈인 게 분명합니다. 깨고 나서 연장에 베이지 않고 멀쩡하니 얼마나 재수있는 일입니까. 친정어머니가 죽는 꿈을 꿔서 오래 사실 거라고도 좋아합니다. 깨어나 보니 어머니가 살아계시니 현재 명이 긴 게 사실일 겁니다.

여인들은 꿈이 아닌 생시의 세상사를 입맛대로 해석합니다. 꿈 해석을 잘해서 잘 살 수만 있다면 이 얼마나 좋은 일일까 싶은 생각이 듭니다.

우리는 앞에 있는 일을 잘못 해석해서 고통스러움을 당할 때도 많습니다. 자신의 앞에 닥친 일을 잘 해석할 수만 있다면 잘 살 수 있지만 해석 잘못하면 힘듭니다. 지금 내 곁에 앉아있는 여인들의 꿈 해석처럼 시원스럽게 인생사 해석할 수는 없을까요. 분명 있을 겁니다. 현실은 언제나 꿈보다 좋을까 나쁠까 깊이 생각해 봅니다. 각자 해석의 나름에 따라 다르겠지만 나는 좋은 편에 늘 서고 싶습니다. 미래에 닥쳐올 일도 꿈이니 현실이 되었을 때는 참 좋을 거라 믿고 싶습니다.

행복은 늘 자기 맘속에 숨어 있습니다. 불행도 함께 말입니다. 닥쳐오고 있는 일들 모두모두 해석을 잘한다면 행복 쪽으로 바꿀 수도 있을 것 같습니다.

인간은 자칭 만물의 영장이라고 합니다만 삶의 해석이 영 서툰 것 같습니다. 인간 외의 동물들은 자기 삶을 잘 해석하고 사는 듯싶어서 하는 말입니다. 이도 내 해석의 잘못일지 모르겠습니다만. 생각하고 또 생각해 봐도 짐승들은 해석을 잘못해서 후회하며 살지는 않은 듯싶다는 생각이 자꾸 듭니다.

만물의 영장이란 꼬리표를 떼서 짐승들에게 상납하는 게 타당하지 않을까 싶은 생각도 듭니다. 아마 짐승들은 고개 끄떡끄떡 하지 않을까 싶습니다만 이도 나의 해석 잘못일지 모르겠습니다.

생각하고 또 생각해 봐도 세상사 해석하기 나름이 아닐까 싶습니다. 세상사가 모두 그렇다면 그렇고, 저렇다면 저럴 것이란 긍정적인 맘을 갖고 싶어서입니다. 각자가 지니고 있는 삶을 즐거운 의미로 해석하면 즐겁고 슬프게 해석하면 슬퍼질 것은 명확한 일이 아니겠습니까?

세상을 잘 살다가 떠난 이들은 모두가 해석을 잘 해서라고 생각하는 것도 나의 해석 잘못일지 모르겠지만 그냥 그렇게 믿고 싶은 걸 어찌하겠습니까….

산이 좋아서

산골짜기를 오르며 돌들과 이야기를 한다.

사람들과 대화할 때는 통하지 않을 때가 더 많다. 나 역시도 상대를 이해하지 못하고 나면 옳다고 우겨댈 때가 많다. 우겨대다가 헤어지고 나서 되새겨 보면 나만 옳다고 우겨대는 건 무지가 많아서라는 생각을 종종 한다.

산골짜기에 널려있는 돌들을 관조하고 있으면 묵언대화가 시작된다. 사람과의 대화보다 더 잘 통해서 마음이 참 편안하다. 돌은 양보하며 자기주장을 내세우지 않으니 나도 그렇게 하고 싶어진다. 바위와 돌과 나무는 사람처럼 외곬으로 자기주장만 해대는 무지가 없어서 좋다. 돌과 나무와 흙과 나와 대화가 곧잘 통한다. 침묵언어로 대화를 하기 때문이다.

자기주장을 내세우지 않는 그들 앞에서 난 언제나 압도당하고 만다. 나는 내가 말한 만큼의 행동을 보여주지 못하기에 신뢰성이 빈약하지만 바위와 돌, 나무와 흙은 말이 서툰 것 같지만 행동은 서툴지 않다.

침묵으로 행동하는 사물들은 말 앞세우는 나보다 수만 배나 위력을 발휘한다. 변절되지 않는 바위의 침묵언어를 듣는다. 만물을 키워내는 흙의 묵언을 새겨듣는다. 풍부한 양식을 만들어 무상으로 미생물이나 기타 생명들에게 공급하는 나무의 언어도 되새겨듣는다.

인간들은 지구상에서 제일 영특하다고 주장하며 자부한다. 산식구들은 잘남과 못남을 초월한 침묵언어만을 지니고 있을 뿐이다. 산식구들은 침묵하라고 일러주지만 인간인 나는 듣고도 실천하질 못한다. 침묵언어를 알아듣지 못하는 인간이 안타깝다고 산식구들은 침묵으로 말한다.

세상사 모든 일을 말로는 완벽하게 표현 못하지만 침묵으론 표현할 수가 있단다. 인간은 말하는 동물이라면 산은 행동으로 모든 걸 보여주는 존재다. 인간에게서 말과 행동 중 어느 것 하나만 삭제해버린다면 어떤 걸 택해야 할까. 말을 없애도 당장은 살아갈 수가 있으니 말을 택했으면 좋겠다. 말이 아닌 행동을 삭제한다면 한 순간도 살아갈 수가 없을 테니 말이다. 말을 삭제해버린다면 세상은 훨씬 양심적일지 모르겠다. 인간에게서 말을 앗아 가버린다면 더 살기가 나아지리란 생각이 자꾸 든다.

나는 나에게 자주 말한다. 나는 나에게 매일매일 말 하나씩 버리라고 일러준다. 산과 같이 완전히 침묵으로 살아갈 수 있을 때까지 버리는 연습을 하리라.

나는 산을 좋아한다. 내가 산을 좋아하는 이유를 완전하게 알 수 있을 때까지 산을 찾으리라.

갈래 길

"다시 태어난다 해도 지금 부인과 같이 살고 싶습니까?"

"만약에 이 세상에 다시 태어난다면 지금의 남편을 만나고 싶습니까?"

텔레비전 화면에서 비치는 얼굴들은 망설이지 않고 쉽게 금방 대답들을 한다. 다시 태어나도 지금의 부부와 살고 싶다는 사람도 있고 그 반대의 사람도 있다. 단 몇 초의 망설임 없이 선뜻 대답하는 게 내 기준으로는 참 신기하다. 만약 내게 그런 질문이 불쑥 내민다면 당황할 것 같아서 하는 말이다. 인류역사 이래로 지금까지 이 세상에 두 번 태어나서 산 사람이 없다는 것을 알기 때문에 서슴없이 대답을 하는 것일까 싶은 생각도 든다.

낯선 곳에 들어서면 두 갈래 길이 당황하게 만들 때가 간혹 있다. 익숙한 곳에서는 여러 갈래 길이 있어도 신경이 쓰이지 않지만 처음 길엔 갈래 길이 있으면 선택에 주저하게 된다. 세상에 태어난 사람에겐 누구에게나 처음 길인 것이다. 두 번째 사는 것이라면 두 갈래 길이 있어도 금방 빠르고 안전한 길을 쉽게 결정할 수 있으리라.

우리 앞에는 여러 갈래 길을 자주 만난다. 하루에도 수십 번씩 두 갈래 길을 마주하기도 한다. 오늘 모임엔 가야하나 말아야하나 두 갈래 길이다. 그 사람에게 이런 말을 해야 하나 말아야 하나. 그 사람을 만나야하나 만나지 말아야하나. 사랑하는 사람에게 질투를 해야 하나 말아야하나. 결정해야 하나 다음으로 미루어야 하나. 이렇게 많은 길이 하루에도 수 없이 마음속에서 갈래 길을 만든다.

일 개월과 일 년을 합해보면 수 없이 많은 갈래 길에서 망설이고 잘 못 선택해서 후회도 하고 잘 택해서 만족하기도 할 것이다. 내가 지금까지 살아오면서 갈래 길에서 얼마나 망설이고 잘못 선택한 길과 잘 택한 길이 교차했는지 헤아릴 수가 없을 정도로 많다.

하루에도 수십 번씩 선택을 요구하는 갈래 길. 하나는 아주 기쁜 길이다. 또 다른 하나는 아주 괴로운 길이다. 썩 좋은 길이다. 아주 나쁜 길이다. 나쁜지 좋은지도 모르는 갈래 길이 내 앞에 또 기다리고 있다.

인생길엔 항상 선택해야 할 갈래 길을 만나기 때문에 언제나 인생살이는 낯설다. 가는 길을 선택한 것은 오직 자신밖에 없었는데도 잘못된 길을 걸어왔을 때는 부모형제나 친구나, 주위 환경이나 사회구조를 곧잘 원망한다.

앞으로 남은 길이라도 원망하지 않고 걸으려면 선택에 주의를 해야겠다. 환경이나 타인을 원망하는 일은 더더욱 해선 안 되리라. 밝은 눈을 뜨기 위해서 갈래 길에서 심사숙고하면서 택해 걸어야한다.

명상의 눈을 떠야한다. 사색의 눈도 떠야한다. 그러다보면 지혜의 밝은 눈이 저절로 떠지리라. 갈래 길에서 방황하지 말고 길을 잘 선택하기 위해 오늘도 심안을 활짝 뜨려고 애를 쓴다. 이런 것이 인생살이 핵심이 아닐지 모르겠다.

보이지 않는 것들

"결혼한다고 그 자식 첨 데리고 올 때부터 알아봤어!"

"결혼 한지 3년도 채 안 됐는데 그따위 짓을 하다니 한심한 자식이네!"

"어찌 그리 사람 볼 줄 모르는지 쯧쯧…."

"언니 어쩔 거유?"

"어쩌긴 당장 이혼시켜야지. 그런 놈 따라 살아봐야 평생 개털이여!"

결혼한 지 삼 년도 못돼서 이혼할 처지에 놓인 당사자도 지금 친정 어머니가 이모와 함께 울화를 털어 놓는 것 이상으로 사람 잘못 봤다고 한탄하고 있을 것이다.

우리는 보이지 않는 것을 보이는 것의 일부분을 통해서 안다. 시력이 나빠서 먼 곳이나 아주 가까운 데 것을 보지 못할 때 안경을 끼면 잘 보이기도 한다. 해서 '제 눈에 안경'이란 말을 하는 모양이다.

부모가 돌아가신 후에야 보이지 않던 부모의 모습이 더 자세히 보인다. 살아계실 때를 반추해서 더듬어보면 보지 못했던 부분까지 더 자세히 알 수 있다. 살아계신 부모님을 찬찬히 살펴보면 보이지 않는 부모의 마음도 볼 수가 있다.

탁자위에 돈다발이 놓여있다. 한참 동안 관하다보니 그 속에 보이지 않던 온갖 현상들이 보이기 시작한다. 돈엔 온갖 세균들이 깃들어 있다. 사람의 양심과 악한 마음들도 숨어 있다. 조금 전부터 놓여 있던 돈다발이다. 어째서 건성으로 보았을 때는 그냥 돈으로만 보였을까.

마음의 눈으로 관조하니 돈 안에 숨어 있는 것들이 너무 많이 보인다. 어디서 왔는지, 어디로 가려고 준비운동을 하고 있는지도 보인다. 더 오래 보고 있으려니 무서운 생각이 든다. 사람을 죽일 수 있는 표정도 감추고 있다.

돈을 관하다 보니 돈이 사람을 만들기도, 망가트리기도 한다는 것도 보인다. 돈 속에 숨어있는 위력에 감금당하거나 유혹의 함정에 빠질 수도 있다는 게 보인다.

세상에 내가 유심히 관찰하고 있는 게 어디 이 돈뿐이랴. 눈에 보이는 모든 것들을 자세히 관하면 그 속에 숨은 또 다른 면을 파악할 수가 있다.

연인을 냉철하게 보지 못하면 참사랑은 더더욱 볼 수가 없다. 거짓사랑인지 참사랑인지를 보기 위해서는 아무리 좋아하는 사이라도 냉정하게 관해야 한다. 없는 것을 보기 위해서는 있는 걸 자세히 볼 줄 아는 지혜가 필요하다. 겉사람을 보고 속사람을 볼 줄 알아낸다.

세상엔 보이는 것도 참 많다. 보이지 않는 건 더 많을 게다. 우리는 보이는 것 속에 감춰진 보이지 않는 것을 보면서 살아야한다.

우리는 한 번 온 세상 언젠가 반드시 가야한다. 한 번 밖에 살 수 없는 세상을 보이는 것에 취해서 보이지 않는 걸 못보고 간다면 지금 결혼생활 3년에 이혼하는 것보다 더욱 더 안타까운 일이 아니겠는가.

결혼 삼년 만에 이혼해야 하는 젊은 부부가 앞으론 제발 매사를 찬찬히 보면서 살았으면 참 좋겠단 생각이 자꾸 든다. 삼년 만에 이혼할지라도 길고 긴 인생살이는 가볍게 이혼하지 않았으면 좋겠다는 상상을 하면서 이혼 이야기에 열변을 토하는 두 여인 곁을 나는 살며시 물러난다.

잘 늙기

"무슨 비결이 있어서 십년 전이나 지금이나 똑같습니까?"

"그럴 리가요. 많이 늙었습니다."

대답은 그렇게 하면서도 젊게 보인다는 소리가 듣기 싫지는 않은 모양인지 입 꼬리가 양 귀밑으로 돌아가고 있는 중이다. 젊어 보인다고 칭찬하는 말은 늙은이에게만 하는 말이기에 그 참의미는 늙었다는 뜻이다. 젊은 사람에겐 젊어 보인다는 말을 할 필요가 있겠는가.

태어나면 한 살이 되든 두 살이 지나든 그만큼만은 늙은 것이다. 열 살은 아홉 살보다 더 늙은 것이고 예순 살이 쉰아홉 살보다는 늙은 것이니 세상에 살아있는 사람은 죄다 늙어가고 있는 방향으로 쉼 없이 진행하고 있는 것이다.

늙어간다는 것이 애석해할 일이 아니다. 육체는 계속 늙어가고 있는데 마음이 늙지 않는다면 껍데기와 알맹이 각각 노는 격이다. 세월을 보낸 만큼 반드시 늙게 마련이다. 닭도 개도 돼지도 소도 이 원리는 피할 수 없으리라. 아니 나무도 풀도 늙어가고 있다. 작년에 지은 집도 지난 세월만큼 늙어버렸다. 작년에 만들었던 텔레비전, 자동차도 금년엔 많이 늙어버렸다.

세상은 온통 늙어가고 있는 것이다. 늙지 않으려고 안간힘을 쓰면서 비결 아닌 비결을 텔레비전에서 비방인체 말해대는 것을 보니 좀 안쓰러운 생각마저 든다. 동안이라고 텔레비전에 출연해서 자랑하는 화면을 보니 참 딱하기도 하단 생각이 든다. 먹은 세월만큼 탈색되어 있는

데도 자신은 그 진의를 깨닫지 못하고 동안이라고 하니 정말 좋아하고 있다. 동안이라고 해서 세월을 보낸 만큼 늙지 않을 수는 없는 노릇인데 착각도 이만 저만이 아닌 셈이다. 물론 같은 연령대에 비해 조금 덜 늙었을 수는 있지만 나이만큼은 늙은 것이다. 단지 본인은 진정 안 늙은 것으로 착각하고 있는 셈이다.

얼굴은 동안인데 마음이 많이 늙어버린 사람도 더러 있다. 반면에 얼굴은 늙었지만 마음과 정신이 싱싱하게 젊음을 유지하고 있는 이도 많다. 껍데기를 보고만 젊어 보인다고 좋아할 일은 아니다. 늙어 보인다고 기분 나빠할 일은 더더욱 아니다.

세상에 태어나서 지내온 세월만큼은 헌 것이 되어 있는 건 사람이나 사물이나 피할 수 없는 일인 걸 어쩌랴. 차라리 늙어간다는 것을 의식하지 말고 그냥 자연스럽게 살아가는 것이 더 잘 사는 것일지 모르겠다. 겉만 보고 늙다. 젊다 이분법적으로 나눌 필요도 없는 일. 겉은 젊지만 보낸 세월보다 더 낡아버린 이도 많다.

늙음과 젊음에 과잉 신경 쓰지 말고 그냥 매일매일 열심히 늙어가는 것이 좋다. 늙어가는 이여 걱정 말지어다. 젊어 보이는 이들이여 일시적인 즐거움이 그대를 영원히 늙지 않게 하지는 못할지어다.

보이는 것이 문제가 아니라 그 내면에 있는 실제가 더 중요하지 않겠는가. 돼지가 소처럼 보인다고 소가 절대로 되는 법은 없고 개가 영리하다고 해서 사람이 될 수는 더더욱 없는 일이 아닌가. 원숭이가 두 발로 걸어 다니면서 사람이 하는 일 흉내 낸다고 사람 되는 것은 절대로 아니지 않는가. 그냥 모든 걸 있는 그대로 받아들이는 게 좋을 게다. 늙거나 젊거나 탓도 하지 말고 말이다. 우주 자연 안에 한 존재로 탄생했으면 우주의 순리를 따르면 그만이리라. 삼라만상은 질서를 잘 지키는 것이 잘 늙기이고 잘 살기인 것이 아닐지 모르겠다.

마음과 봄

창밖의 매화나무는 봄 냄새를 은은하게 풍기고 있다. 아니, 내 마음이 먼저 봄 냄새를 맡고 있는지도 모르겠다. 입춘이 지난 지 열흘이 지났는데 바람이 살결에 닿으니 아릿하다. 매화나무는 지금 봄을 만지작거리고 있고 나는 봄을 두리번거리며 찾는 중이다. 잎이 피기 전에 꽃부터 피워내는 매화가 왠지 오늘 따라 부럽다.

매화나무는 한겨울에도 봄을 맞으려 꾸준히 일했을 터라 한 순간도 쉬는 때가 없었을 게다.

나는 곁으로 다가가서 매화나무를 살며시 안아 본다. 나무의 숨소리가 느껴진다. 깊은 겨울에도 어느 한 순간 숨쉬기를 멈추지 않았을 것이다. 숨쉬기를 중단했다면 사람이 숨 쉬는 걸 멈추듯 죽어버렸을 것이다. 나도 이 매화나무를 닮아 어느 한 순간도 움직이지 않았던 적이 없었다.

나는 숨을 쉬면서 움직인다. 눈앞에 있는 사물을 생각의 눈으로 보기위해 노력한다. 매화나무가 겨울에 숨 쉬며 자신을 키우듯 내면 활동을 쉬지 않고 지내왔다. 매화나무나 나나 살아있다는 의미에서는 한 순간도 쉴 수가 없다. 얼마 안 있어 매화나무의 봄은 찾아올 것이다. 내 인생엔 청춘의 봄이 이미 지나가버렸다. 매년 오는 봄은 나의 봄이 아니다. 매화나무의 봄일 뿐.

"봄도 없는 나는 지금 어떻게 살아야 하지?" 매화나무가 오늘따라 신비롭게 느껴져서 질문을 던져 본다.

"네 맘속을 샅샅이 찾아봐."

매화나무가 대답한다.

"아니 뭘 찾으란 말이야?"

"네 안을 찬찬히 찾아보면 나처럼 영원한 봄이 있을 거야."

내 안에 영원한 봄이 어떤 걸까. 생각하고 또 생각해 본다.

'그래, 내 맘속에도 봄이 있는 것 같다.'

내 안엔 철학의 봄, 심리의 봄, 긍정의 봄에 대한 재료들이 수두룩하다. 나도 이런 재료들로 나의 영원한 봄을 만들어 봐야겠다. 내 맘속 봄은 어떤 봄일까. 매화나무의 봄처럼 저절로 온다거나 화려하지는 못하겠지. 나의 봄은 내가 느낄 때만 있을 수 있으니까 말이다.

내일 종말이 온다고 해도 정원에 한 그루의 사과나무를 심었던 스피노자할아버지처럼 영원한 봄을 만들 수는 있겠지. 스피노자할아버지가 영원한 봄, 영원한 젊음을 간직한 채 살다 가셨던 걸 지금 내 앞에 있는 겨울매화나무가 일깨워준다. 마음귓문을 열고 들으니 매화나무의 말소리가 잘 들린다.

'마음속의 봄은 언제나 존재한다. 영원하다. 느끼기만 하면 언제라도 만들어지는 봄이기에.' 나도 모르게 자꾸 중얼거림이 흘러나온다.

'그래, 희망의 봄도 삭막한 겨울도 내 마음이 만드는 것이지.'

겨울햇살이 나뭇가지 사이로 이른 새벽 강가의 안개처럼 밀려든다.

'나는 영원한 봄과 함께 살 거야' 가장 좋아하는 구절 일체유아심조(一切唯我心造)가 떠오른다. 여생을 일체유아심조로 살고 싶다.

사람을 만나는 것보다 나무와 만나서 이야기하는 게 더 즐겁다는 걸 오늘따라 진하게 마음속으로 스며든다. 집을 향해 걷는 발걸음이 무척이나 가볍다. 겨울햇살이 이렇게 따스하게 느껴지는 건 흔한 일이 아니어서. 내 마음속엔 벌써 나의 봄이 와 있다.

행복안경

아프리카 북동부의 인도양과 아덴만에 접해 있는 소말리아라는 나라엔 지금도 굶어 죽는 아이들이 많다고 한다. 텔레비전 화면에 비친 아이의 모습이 앙상하게 마른 나뭇가지를 연상케 한다. 흐느적거리는 뼈 위에 가죽을 입혀 놓은 것만 같다. 매년 수십만 명이 굶어 죽는단다. 지구별에는 처참한 삶을 사는 이들이 많다. 그들은 사는 게 아니라 죽음을 이어가는 것이라야 옳을 것 같다.

하필이면 세상에 한 번 태어나는 생명이 척박하고 가난한 곳에서 태어났을까. 한참을 생각해 보지만 남의 일로만 보고 있는 내겐 해답이 선뜻 떠오르질 않는다. 굶어가며 생을 이어가는 가난한 나라에 사는 이들에겐 쌀 한 됫박이 얼마나 소중할까. 값비싼 보석보다 더 소중한 물건일 게다.

나는 텔레비전 화면에 비치는 가난한 나라에 태어나지도, 살아보지도 않아서 진짜 행복을 모르는 게 아닌가 싶은 생각이 갑자기 든다. 돈 몇 만원, 쌀 한 됫박, 먹을 국수나 밥 한 그릇에 그들은 얼마나 큰 행복감을 느낄까. 나는 내 곁엔 먹을 게 충분해서 귀중한 줄을 모른다. 행복할 줄도 모른다. 비 한 방울 내리지 않는 사막에서 한 줄기의 소나기가 얼마나 고마운 존재일까.

텔레비전 화면을 보고 또 보고, 생각해 보고 또 느껴보니 정말 내 곁엔 행복이 너무 많다. 주위엔 행복밖에 없지만 그걸 모르고 살았을 뿐이다. 건강한 사람은 건강함에 대한 고마움을 잘 모른다. 건강에 대한 행복을 간절히 느끼지도 못한다. 돈 많은 사람은 돈 많은 줄보다 적은 줄을 먼저 안다. 돈의 행복도 느끼지 못할 때가 많다.

가난한 사람이 돈의 행복을 더 잘 알 수가 있다. 돈의 갈증에 시달리는 사람이 돈의 고마움을 더 느끼며 산다. 사랑하는 사람은 사랑의 즐거움을 모른다. 사랑의 행복을 제대로 느끼지도 못하는 경우가 많다.

부모가 살아계실 때는 부모에 대한 고마움을 느끼지 못한다. 수십 년 함께 살아온 부부는 서로의 고마움과 소중함을 느끼지 못할 때가 많다. 어느 한쪽이 먼저 저승으로 가면 그때야 절실하게 느끼게 된다.

행복도 제대로 보지 못하는 사람은 형편없는 시력을 지닌 사람이다. 시야가 너무나 짧아 곁에 있는 것도 제대로 못 보기 때문이다. 먼 곳에서 다가오고 있는 것도 제대로 보지 못할 때도 많다. 조금 떨어져 있는 것도, 가까이에 있는 것도 정확하게 보지 못하는 게 우리의 시력인가 보다.

살아있는 사람은 형편없는 시력으로 지낸다. 평생토록 아등바등 살아봐야 현실에 놓인 실체를 보지 못하니 말이다. 행복해지려면 내 시력부터 고쳐야겠다는 생각을 텔레비전 화면이 자꾸 일깨워 준다. 행복안경이라도 맞춰서 써야할까 보다….

벤저민 선생님

휴게실에 교실처럼 열을 지어 있는 의자에 사람들이 앉아서 쉬고 있다. 나도 일회용 커피를 뽑아서 한 자리 무난하게 끼어든다. 조잘대는 소리들이 허공을 꽉 메워서 난삽하게 날아다닌다. 여러 사람의 입에서 토해내는 말소리가 꽉 닫힌 창문을 빠져 나가지 못하고 충돌하는 것 같다. 상처 탓인지 무슨 말인지 도무지 알아들을 수가 없다. 입에서 나온 소리들은 뒤엉켜 정체성이 파괴된 채로 의미들이 죽어버리고 소음으로만 날아다니고 있다.

의자가 정교하게 나열된 앞 쪽엔 벤저민나무 두 그루가 커다란 갈색 플라스틱 통에 심어져있다. 양쪽에 서 있는 나무는 사람이 서 있는 느낌이다. 2m 정도의 키. 추위와 더위에도 아랑곳없이 한 자리에 서서 떠들어대는 사람들을 바라보고 있다.

한참 동안 바라보고 있으려니 마치 벤저민나무가 강의하는 선생처럼 느껴진다. 떠드는 사람들이 알아듣질 못할 뿐이지 분명 침묵언어로 강의를 하고 있다. 선생은 지금 실내에 날아다니는 소리는 소음이지 말이 아니란다. 사람들은 말이 아닌 소리로 계속 떠들어댄다. 진정한 소통은 소리가 아닌 묵언으로 이루어지는 거라고 벤저민 선생은 침묵언어로 강의를 한다. 입으로 말하는 것보다 마음으로 하는 게 더 듣는 이에게 감동을 주는 법이란다.

나무선생의 말이 떠들어대는 사람들에겐 들리지 않는 모양이다. 내 귀엔 선명하게 들린다. 삼삼오오 짝을 지어 자기 소리에 도취되어 나무선생의 침묵언어를 알아듣지 못한다. 묵언강의를 듣는 이가 하나도 없어 이젠 내게 말을 걸어온다. 가장 열심히 듣고 있는 내게만 열강하고 있는 중이다.

똑같은 말일지라도 듣는 이에 따라 의미가 다르게 해석된다. 또 다르게 다시 재생되기도 한다. 이런 게 인간의 의사소통이란다. 같은 말인데도 논쟁거리를 만드는 이도 있다. 그 이는 좋은 말이라고, 저 이는 아주 나쁜 말이라고 의미를 재탄생시키기도 한다. 이런 일은 주로 정치가들에게서 흔하게 볼 수 있단다. 우리나라 정치가에서만 유독 나타나는 현상인진 모르겠지만.

벤저민 선생을 오랫동안 바라보고 있으려니 마음귓문이 점점 크게 열린다. 선생과 나는 묵언대화를 주고받는다. 사람들이 떠들어댈수록 이상하게 내 마음귓문은 더 밝아지고 있다. 나무선생의 묵언강의 때문이리라.

"모든 생물은 자기답게 살아야 한다. 나처럼 언제나 초록빛을 내면서 담담하게 살아보라. 얼굴에 화장하지 않아도 늘 번들번들 윤기가 나는 건 가장 나답게 살기 때문이다. 학생은 학생답게, 아버지는 가장 아버지답게 살아야 한다. 그러기 위해선 자연스럽게 사는 방법 밖에 없다. 거슬림이 없어야 한다. 더 잘 살려고도 하지 말고, 그냥 살아가야 된다. 나처럼 이렇게 가만히 있으면 저절로 살아지게 된다. 이런 것이 무위자연의 법칙이다. 남을 해치지도 말고 윗사람은 윗사람으로 아랫사람은 아랫사람으로 자연스럽게 대하라. 계절이 오고가고 빛이 왔다가 또 가고 구름과 바람이 지나가고, 모든 것이 지나가면서 저절로 살아가는 법을 가르치고 있으니 그렇게 살아보라."

벤저민 선생의 묵언강의를 알아들을 수 있어 마음이 한구석이 뿌듯해진다. 나는 묵언으로 벤저민 선생께 감사를 표한다. 내 눈이, 내 마음이, 마음귓문이 좀 더 밝아지게 해주는 선생님에게 한없는 감사를 드리고 싶다.

　플라스틱 신발신고 흙양말을 신은 나무선생이 참 의젓하고도 싱싱한 모습이 참 늠름하다.

　어떤 사물을 한참 동안 바라보고 있으면 그 사물이 말을 걸어오기 시작한다. 침묵으로 바라보면 침묵으로 말을 걸어온다. 사물은 묵언대화를 시도하면 묵언대화로 화답한다.

　벤저민 선생과 이야기 나누는 이 순간, 휴게실만큼이나 내 마음이 넓어져 가고 있는 중이다. 자주 들려서 차를 마시며 대화를 하련다.

　벤저민은 내게 참살이를 깨닫게 해주는 고마운 선생님이시다.

정원의 소나무와 대화

"오늘은 기분이 어때?"

"나는 기분 좋고 나쁘다는 걸 모르는데 왜 너는 그러니."

"나는 기분이 좋은 날 나쁜 날, 중간쯤인 날 멍멍한 날도 있어."

"인간들은 왜 기분이 좋고 나쁘고 그럴까. 네가 좋다는 속에는 나쁨도 섞여 있을 거야. 나쁨 속엔 좋음도 숨어 있으니 찾아내 봐."

"글쎄 난 네가 말하는 걸 알듯하면서도 잘 모르겠어. 나쁘고 좋은 날이 내게 있는 것만은 분명해."

"참 이상해. 그냥 가만히 있으면 되는 것을 뭐 좋다고 나쁘다고 경계를 지으려고 애 쓰는지."

"인간인 내겐 분명 좋고 나쁜 날이 있으니 어쩌겠어."

"좋으면 너무 좋아하지 말고, 나쁘면 너무 나쁘다고도 설치지 말고 그냥 가만히 있으면 안 되는 거니. 니가 좋을 때는 좋다고 호들갑을 떠니까 나쁠 때가 오는 것이고 더 나빠지는 거란다. 우리 소나무처럼 그냥 가만히 있어 봐. 좋은 것도 나쁜 것도 기대하지 말고 그냥 흘러 보내란 말이야."

"좋으면 좋아죽겠는데 어떻게 그럴 수가 있게."

"너도 한 번 침묵을 지켜 봐. 침묵하지 못하고 자꾸 입을 놀리기 시작하면 마음눈이 더 어두워지는 법이지. 맘눈이 떠질 때는 좋은 걸 좋다고 하지 말고 '그냥' 이라고만 생각해. 나쁜 것도 나쁘다 말고 '그냥' 이라고 생각하며 가만히 있어 보란 말이야. 그러다 보면 좋은 것 나쁜 것이 한데 섞여서 좋고 나쁨에 신경 쓸 필요도 없지. 좋은 것 나쁜 것이 없어지는 것도, 생기는 것도 아니고 본래 자리로 돌아가는 법이지.”

“그런가?”

“그런가가 뭐야, 넌 나를 보면서도 모르니?”

“글쎄 그런 것도 같고.”

“그런 것도 같다는 건 아직도 네가 나를 잘 모른다는 증거야.”

“내가 매일 네 곁에 와서 너를 보고 또한 침묵하며 너와 이야기를 하는데 어찌 모르겠니.”

“그래도 넌 아직 멀었어. 자연스럽게 ‘그냥’ 살아가는 법을 알려면!”

나는 정원의 소나무 아래에서 돌아서면서 많은 생각을 한다.

‘그냥’ 산다는 것이 무엇인지 조금을 알 것 같으면서도 완전히 알 수가 없으니 조금은 답답하다.

어른을 가르치는 아이

　세상에 멈추지 않고 계속 아이들이 태어나는 것은 대를 잇는 외에도 더 깊은 뜻이 있다는 생각이 든다. 갓난이는 때 묻지 않고 순수한 인간의 씨앗이다. 그야말로 도인처럼 세상을 거스르지도 않고 순리만 따르며 살아간다. 누가 흉기로 위협해도 웃기도 한다. 누가 질투를 해도 그냥 순수하게 받아들일 줄 안다. 아기 얼굴을 들여다보고 있으면 마음의 여유가 넓게 느껴진다. 무위적인 삶을 사는 게 아기다.

　사람들은 아기가 조금씩 자라날 때마다 무언가를 가르치려고만 애를 쓴다. 따져보면 어른이 아이에게 삶을 배워야하는 데도 말이다. 순수하고 자연스러운 참삶의 모습을 아기가 보여주는 데도 그것을 실체를 모르고 그저 성급하게 가르치려고만 서둔다. 어른이 되기까지의 잘못된 체험으로 아기에게 대뜸 가르치려고만 드니 잘못돼도 한참 잘못됐다는 생각이 든다.

　아기는 어른들께 살아가는 모습을 가르치기 위해서 세상에 꾸준히 태어나는 것이란 생각이 든다. 아기가 어른을 가르치려고 세상에 나타난 거라고 생각하며 아기를 한참 동안 들여다보고 있으려니 아기에게 무조건 가르치려고만 드는 나의 잘못된 편견들이 밤하늘에 불꽃놀이처럼 엉켜서 쏟아진다. 아기와 어른이 누가 잘못이 많은가를 따져볼 필요조차 없을 것 같다.

　어렸을 적에 어머니에게 들은 이야기가 생각난다.

　아기가 세상에 태어나서 화식(불본 음식)을 입에 대기 전엔 이 세상을 다 알고 있다고 했다. 그런 이야기를 듣고 어떻게 어른도 모르는 세상일을 아이가 환히 알고 있을까 무척 궁금했었다. 지금 생각해 보니 전혀 근거 없는 말이 아니라 타당성이 있다는 생각이 자꾸 든다. 아기에게서 인간의 도리를 배워야 한다. 또 아기만큼 순수하고 청정하게 살아가는 사람이 이 세상 어디에 또 있으랴.

어른들이 아이를 가르치는 일은 적당하게 거짓으로 세상을 살아가라고 가르치는 일들이 더 많다. 남을 속이는 것도 아기에게 가르친다. 말로는 거짓말해서는 절대로 안 된다. 착한 사람이 돼야한다. 제일 나쁜 일은 남에게 거짓말하는 짓이라고도 가르친다. 이렇게 말하지만 어른이 아이에게 가르치는 그 본뜻을 분석해 보면 적당히 거짓말도 하고 적절하게 남도 속이라는 의미가 들어있는 경우가 많다.

엄마는 아이에게 좋은 말만 다 모아서 가르치다가도 빚쟁이한테서 걸려오는 전화를 아이가 먼저 받으면 '엄마 지금 집에 없다고 해! 먼데 출타중이라고 해라.' 이런 말이 잠시의 멈춤도 없이 바로 튀어 나온다. 아이에게 거짓말을 가르치는 것이 부모다.

어른을 행동으로 가르치던 아기가 점점 자라면서 가르치는 걸 포기하고 때를 묻히며 퇴색하기 시작한다. 어른이 가르쳐준 거짓을 은연중에 실행하기 시작한다. 아이가 아주 어렸을 때는 절대로 거짓행동을 하지 않는다.

정원에 서 있는 나무들도 절대로 거짓행동을 하지 않는다. 봄여름가을겨울을 정직하게 가르쳐 주지 거짓 가르치지는 않는다. 계절마다 행동으로 인간을 가르친다. 사람을 졸졸 따라가는 지금 내 앞의 강아지도 사람처럼 거짓행동은 하지 않는다.

생명이 있는 지구별에서 거짓을 제일 잘 행하는 건 두말 할 필요 없이 인간이다. 누가 이의를 제기할 수 있으랴.

전차 안에서 건너편에 앉은 아이를 바라보며 한참동안 생각에 젖는다. 아기로 돌아가고 싶어서다. 아이로 돌아가지 못할 바에야 아이를 존경하는 마음으로라도 대해야겠다.

'툭툭 사랑' 즐기기

커 놓은 텔레비전이 갑자기 꺼진다. 툭툭 두들기니 화면이 다시 나온다. 어딘가에 접속불량이라는 신호인가 보다. 앞으로 고장이 난다는 신호이기고 하다.

사람의 심장이 멈출 때는 이와 비슷하게 전기충격으로 소생시키는 심폐소생을 시도하기도 한다. 엠피쓰리 속에 노래가 갑자기 멈춘다. 고장이다. 바늘 같은 가느다란 것으로 접촉면을 쑤셔보란다. 신기하게 기계가 되살아난다.

차임벨이 고장이다. 소리가 갑자기 울리지 않는다. 툭툭 두들겨 보니 다시 소리가 난다. 전화기가 갑자기 소리가 나지 않는다. 툭툭 두들기니 다시 되살아난다.

인간도 어딘가 고장이 나면 두들기기도 하고 때려보기도 한다. 안마나 마사지를 해 주면 기능이 활성화되는 걸 느낀다. 인공호흡도 시키고 심폐소생술을 시도하기도 한다. 텔레비전을 툭툭 쳐서 다시 화면이 살아나게 하는 것과 같은 경우가 사람에게도 더러 해당될 경우가 있다. 침을 맞거나 마사지를 한다거나 토닥토닥 두들겨서 낫게 하는 경우가 종종 있어서 하는 말이다.

진통제를 먹게 하는 것도 우선 그 부위의 아픔이 멈춰진다. 그러다가 잠시 새로운 세포의 보충으로 인해서 채워지기 때문에 낫는 게 아닌가 싶은 생각이 들 때가 있다. 생리학적으로 증명은 어려울지라도 경험상으로는 그런 체험이 더러 있기에 그렇게 믿고도 싶다. 두들기는 것은 만능은 아니지만 미신이라고 코웃음으로만 대할 일만은 아닌가 싶다.

성서에도 두드려라 열릴 것이요, 구하라 찾을 것이라고 했지 않았던 가. 현실에 멍청한 사람은 한 번씩 두들겨 패는 것도 정신이 번쩍 들게 하는 방법이다. 이때는 바로 툭툭 두들기는 원리가 적용되는 셈이니까 말이다. 때리면서 새롭게 정신이 들게 하는 것이 매질이다. 아이들도 매질로 훈육하는 경우도 있다. 매질이란 육체를 툭툭 두들기는 일이 다.

마음이나 정신을 한 번씩 스스로 두들기려고 애를 써 보지만 자신 에게보다는 타인으로부터 두들겨 맞는 게 더 효과적인 것이 아닌가 싶다. 경우에 따라서는 따뜻하게 아우르는 칭찬보다는 툭툭 두들겨 맞는 게 더욱 효과가 날 때도 많다.

매서운 비판은 툭툭 두들겨 패는 것과 마찬가지다. 남에게 비판을 받으면 싫은 생각부터 들지만 그 반대로 생각하는 더 좋다. 텔레비전 이나 고장 난 기계들을 두들기듯 나도 누군가가 늘 두들겨 주는 이가 있다면 내가 싱싱하게 살아가는 좋은 약이 되리라. 칭찬의 반대는 두 들겨 패는 것이다. 하지만 무지막지하게가 아닌 '툭툭' 하는 건 적당한 약이라고 정의를 내리고 싶다.

지인을 만나면 '툭툭' 두들겨 패주자. '툭툭' 맞기도 해 보자. 참 좋은 처방이 아닌가 싶어서 '툭툭 사랑'을 즐기고 싶다.

변하고 있는 지금

어느 때처럼 휴게실에서 커피 한 잔 뽑아서 벤치에 앉는다. 벤저민 나무 두 그루는 지난달이나 지난주나 오늘이나 여전히 양쪽에 서서 자기 자리를 지키고 있다. 줄을 맞춰 있는 의자들도 고정되어 있다. 주된 재료는 철이지만 엉덩이를 붙이고 앉는 부분은 차지 않은 재료다. 줄을 맞춰서 한데 붙어 있지만 앉는 곳은 한 사람씩 앉게 사이사이로 표시가 분명하다. 질서정연하게 줄을 맞춰서 서 있는 의자다.

도서관을 이용하는 순서를 기다리거나 나와서 차를 마시면서 쉬는 사람들이 공간을 거의 채우고 있다. 의자와 커피, 음료수 자판기와 천장에 붙어 있는 조명등들은 무척이나 엄숙하게 줄을 맞춰서 질서정연하게 제 자리들을 지키고 있는데 반해 사람만은 자유분방하게 흐트러진 모습이다. 자연스러운 모습이랄까 난삽한 모습이라고 할까 참 무질서하다. 앉았거나 서성이거나 매우 복잡한 양태를 보이고 있다.

젊은이들은 도서관 입실 좌석 표를 받으려고 컴퓨터 앞에 줄을 서있다. 질서를 지키는 순간의 모습이다. 9개의 자동판매기들은 사람들을 유혹하고 있다. 정수기는 공짜로 찬물과 더운물을 골라 마시라고 손짓한다.

휴게실 안에 있는 많은 사람들은 입으로는 말을 하고 귀로는 듣고 있다. 자기가 필요한 물건을 자판기에서 기호품을 골라내듯 듣고 있는 것 같다.

벤저민나무를 한참동안 응시하고 있으려니 그가 하는 말소리가 들린다. 나무가 살아온 이야기, 살아가야할 말을 들려주고 있는 중이다. 나무에게서 침묵하며 사는 법도 나는 듣고 있다. 그냥 가만히 있으면 키도 커지고 무성하게 잎도 키운단다. 그러면서 벤저민나무는 내게 너무 많이 힘을 쓰지도 말고 너무 노력을 많이 하지도 말란다. 바빠하는 걸 조금만 줄이고 자연스럽게 살아보라는 충고다. 그 게 잘 사는 법이란다. 한 순간도 쉬지 않고 지껄이고 서성이고 떠들어대는 인간들에게 그런 말을 하고 있다. 침묵언어로 말이다.

시계를 자주 보는 사람은 시계의 노예가 된다고 한다. 몸도 상하고 맘도, 생각도 상해서 빨리 망가지고 빨리 죽음 쪽으로 가까워진다고 한다. 모든 걸 조금씩 비우란다. 그냥 자연 상태로 두고 사는 연습을 하라고 벤저민나무가 내게 말한다. 내 마음귀엔 분명하게 들린다.

나는 다시 눈을 돌려 창밖을 내다본다. 매화나무와 시선이 마주친다. 나무의 가지 끝마다 새움이 트려고 작은 벌레가 꾸물거리는 것 같이 보인다.

"아하, 언제 너 그렇게 됐어?"

"언제라니. 갑자기가 아니야. 너와 같이 대화하며 마주 앉곤 했던 겨우내 나는 줄기차게 쉬지 않고 일해서 오늘 지금 이 순간에 이른 거지 갑자기가 아니야."

"나는 너와 자주 마주했지만 지금처럼 네가 움을 틔우는 건 갑자기 변한 것 같단 말이야."

그렇다. 한 순간도 쉬지 않고 삼라만상은 변하고 있는 중이다. 세상에 어떤 일도, 어떤 모습도, 어떤 사물도 어느 순간에 갑자기 변하는 건 없다. 나무의 열매도, 어떤 결실도, 어떤 사건과 사고도 갑자기 오는 일은 없을 거다. 일본의 지진, 원전폭발 같은 사건도 우리가 느끼지 못할 뿐이지 갑자기가 아닌 게다. 우리가 보지 못하고 느끼지 못할 뿐이지 모든 건 서서히 변해가고 있는 중이다.

지금 나는 무엇으로 변해가고 있는 걸까. 어떻게?…, 계속 내 생각을 따라가 본다. 그렇다! 세상엔 갑자기란 있을 수 없다. 단지 그걸 몰랐을 뿐이겠지….

반만 살기

궁금한 것이 덮여있으면 반만 열어보라. 아주 맛있는 음식을 다 먹지 말고 반쯤 먹다가 남겨 둬 보라. 꼭 하고 싶은 일은 반만 하고 그만 둬보라. 좋아하는 취미를 실행할 때엔 반만 즐기고 그만 둬보라. 재미있는 소설을 반만 읽고 나머지는 상상으로 마무리 지어보라. 영화를 반만 보고 반은 자신의 상상으로 만들어서 감상해 보라.

아주 친하고 좋아하는 친구를 만날 때 반만 만나고 반은 남겨두고 헤어져 보라. 재미있게 즐기고 있는 오락을 반만 하고 그만 둬보라. 행복감을 느낄 때 반만 즐기고 나머지는 아껴 둬보라.

아주 배고플 때에 식사를 반만 하고 숟가락을 놓아보라. 이 세상에 좋고 즐거운 모든 것을 다 한꺼번에 하지 말고 반은 남겨 둬 보라. 끝내는 것보다 남은 것의 미련 때문에 더 의욕이 생길 수 있는 여운을 즐겨보라. 진짜로 사랑하고 싶은 사람이 있으면 반만 사랑하고 아껴가며 사랑하면 싫증이 나지 않고 권태도 생기지 않아 오랫동안 가슴 뛰는 사랑을 느낄 수 있으리라.

나는 지금 지나온 길을 되돌아보니 진짜로 인생을 온전하게 살지 못하고 반만 살아온 느낌이다. 의도적인 반이 아니라 그냥 살아온 게 반이다. 반이나 남았다는 게 안도감이 든다. 반이라는 할 일 때문에 앞으로 더 살아갈 의욕이 넘쳐난다.

내게로 다가오는 고통과 괴로움과 행복과 즐거움 모두를 반씩만 소화해간다면 반의 희망이 나를 즐겁게 하리라. 지금까지 살아오면서 반이라도 남기고 살아온 게 참으로 다행이다. 반밖에 안 산 게 나를 더 희망 넘치게 하는 게 참으로 다행이다.

앞으로 살아야할 삶이 반이나 남았으니 얼마나 즐거운 일인가. 오늘 반만 성취하고 내일 일로 남겨두는 것도 지혜로운 삶이리라. 나는 오늘 다 살고 싶지는 않다.

오늘은 반만 살고 내일 몫으로 반은 착실히 남겨 두는 여유는 내게 희망이다. 반만 행하고 나머지 반은 내일이 있기에 맘 놓고 남겨 두련다. 전부보다 반을 택하는 곳엔 싹이 트고 열매가 맺을 것이다. 세상살이 반을 사는 게 가장 멋있고 희망적이라고 생각하며 살아가리라.

남은 반이 있기에 살아갈 의무도 권리도 즐거움도 희망도 있는 게 아닐까. 살고 또 살아도 반은 남았다는 계산으로 살아간다는 게 얼마나 행복한 일인가!

안 보고 안 말하고 안 친절하기

옛날 선량한 한 선비가 길을 걷고 있었다. 길바닥에 돈 주머니가 떨어져 있었다. 그것을 주어서 주인을 찾아 주고 싶었다. 한참 동안 망설이다가 나뭇가지에다 걸어 두었다. 때마침 어떤 사내가 헐레벌떡이며 뛰어오고 있었다.

돈주머니를 주운 사람이 그것을 호주머니에 넣었다가, 도로 꺼냈다가, 나뭇가지에다 걸고 하는 행동을 보고서 사내가 주머니를 자기 것이라며 달라고 윽박질렀다.

주머니를 받은 사내가 주머니를 주워서 나뭇가지에 매달았던 사람을 자세히 살펴보니 아주 선량한 사람으로 보였다. 그 순간 그는 다른 욕심이 발동했다. 주머니를 열어서 동전을 세어보고 나서는 1천 냥인데 왜 5백 냥 밖에 되지 않느냐고 생떼를 썼다.

주머니를 주운 사람에게 사내는 나머지 5백 냥을 당장 내놓으라고 윽박질렀다. 두 사람은 다투다가 관가로 가서 해결해 달라고 했다. 판관은 그 주머니를 살펴보고는 회심의 미소를 지었다. 비서를 시켜서 동전 천 냥을 가져오게 했다. 주운 주머니에다 넣어 보니 5백 냥밖에 들어가지 않았다. 판관은 주머니를 다시 빼앗아 선비에게 되돌려주며 가지라고 판단해 줬다.

나는 어느 날 길가다가 지갑을 주었다. 지갑을 뒤져서 전화번호를 확인하고 전화를 걸려다가 겁이 덜컹 났다. 파출소에나 가져다줄까 하다가 그냥 떨어진 곳에 그대로 놓아주려고 갔다. 누가 보면 선비처럼 오명을 쓸까 봐 두리번거리다가 그대로 놓고 되돌아왔다. 주었던 자리에 그대로 두고 되돌아오는데 왜 그렇게 도둑질한 것처럼 가슴이 두근거렸는지 모르겠다. 전화번호를 확인하려고 볼 때에 지갑 속엔 돈은 하나도 없었다. 아무래도 누군가가 줍거나 훔쳐서 돈만 빼내고 던져버린 게 아닌가 싶은 생각이 들었다. 괜히 찾아준답시고 잃어버린 돈에 대한 오해나 뒤집어쓰지 않을까 싶은 생각이 들어서 조심스럽게 남이 보지 않을 때 그 자리에다 두고 오면서 생각하니 참 이런 세상에 사는 자체가 한심하다는 생각이 든다. 어쩌다가 의심덩어리가 안개처럼 가득 끼인 세상에 살게 되었는지. 곰곰 생각해 보니 마음이 자꾸만 언짢기만 하다.

잃은 물건을 찾아주는 것을 고맙게 생각할 수도 없는 세상이 되고 말았다. 친절도 잘못 베풀다가는 오해도 살 수 있다. 길에서 만난 꼬마 아이가 예쁘다고 머리를 쓰다듬다가는 또 오해를 받을 수 있다. 성추행이니 뭐니 하는 저속한 단어가 떠오른다. 귀여운 아이가 보이면 속으로 예뻐하고 또 속으로 친절만 베풀어야 무탈한 세상이다. 길가다가 처음 만난 여인에게 웃음만 흘려도 안 된다. 지갑을 두고 오면서 이런 생각을 하면서 길을 걷다보니 정말 세상이 시멘트처럼 딱딱하게 굳어지는 느낌만 든다.

우연히 길가다가 지갑을 주운 그 자체가 마음이 못내 찜찜하다. 만약에 내가 지갑을 제 자리에 다시 가져다 둘 때에 누군가 아는 사람이 봤으면 또 얼마나 오해를 했을까.

그냥 안 보고 말도 안 하고 친절도 안 베풀고 그냥 내 자신만 지키면서 사는 게 좋을 것 같다는 생각이 든다. 세상이 그런 걸 어쩌랴. 생각할수록 공동세상살이가 어렵다는 결론 밖에 들지 않는다.

마음이 무겁다. 발걸음도 따라서 무겁기만 하다.

고마운 존재

흙을 찬찬히 들여다보고 있으면 참으로 신비하단 생각밖에 들지 않는다. 침묵하며 살아가는 신비한 삶을 느낀다. 죽은 것처럼 보이면서도 살아있는 게 흙이다. 모든 식물과 동물을 길러내는 신비한 기적의 힘을 지니고 있으면서도 가장 겸손한 존재다. 흙의 실체인 땅은 늘 제일 아랫부분을 차지하고 있어서 그런 생각이 든다.

흙인 땅은 무엇이나 다 받아준다. 무거운 것이나 가벼운 것이나 가리지를 않고 자기 몸으로 떠 받아주는 일을 한다. 흙은 인간처럼 잘난 체 하지도 않는다. 여기 저기 맘대로 쫓아다니면서 제 잘남을 보이려고도 애쓰는 인간과는 다르다. 거만하게 떠들어대는 인간에게 묵언의 귀감을 보여주는 게 땅이다.

인간은 겸손하고 위대한 흙 앞에서 너무 무례한 짓만 저질러 댄다. 흙 너는 영원히 숭배 받을 존재가 아니던가. 건축이나 조각이나 예술품을 만들거나 그릇을 만들어 놓으면 수백 년 수천 년 동안 아름다움을 지기고 있기도 하는 흙. 모든 것을 만들어내는 위대함을 지니고 있는 신비한 존재인 흙.

흙은 죽어있는 존재처럼 보인다. 나무보다 풀보다 날아다니는 새보다 더 싱싱하게 살아있는 존재인 데도 말이다. 흙 속엔 헤아릴 수 없을 정도로 많은 비밀이 감춰져 있다. 태초에 흙으로 사람을 빚었다는 성서의 구절은 흙의 가치와 중요성을 가장 잘 나타내는 말이기도 하다. 흙은 흔하면서도 어느 보석보다 더 고귀한 존재다. 우리는 너무 흔하면 그 가치를 자칫 망각하기가 쉽다. 그래서 흙을 예사로 대하는지도 모르겠다.

넘치는 사랑을 받으면 그 사랑을 잘 느끼지 못하는 경우가 많다. 돈이 엄청나게 많으면 그 만족감이 느껴지기는커녕 오히려 더 부족하게 보이기 일쑤다.

어머니의 사랑은 무조건적인 사랑이라고 한다. 어머니는 흙이다. 흙과 같은 어머니 사랑의 깊이나 넓이를 자식은 깨닫기가 참 어렵다. 인간은 조건 있는 사랑이나 조건 매겨진 가치만 찾으려고 전전긍긍하기 일쑤다.

흙은 어머니의 따뜻한 가슴과도 같다. 땅은 무한한 사랑의 근본이다. 우리가 사는 세상에 흙이 없다면 어떨까 아무리 상상해 봐도 그 해답을 찾을 수가 없다. 아니 해답이 없을지 모르겠다. 흙이 신비하고 위대하고 참으로 고마울 뿐이다.

연습

어떤 일이라도 남보다 우뚝 서기 위해선 피눈물 나는 연습이 필요한 법이다. 무슨 일이든 연습하면 연습한 것만큼은 반드시 익숙해지는 것도 또한 법칙이다. 타인의 눈에 아주 거만하게 보이는 것도 자신도 모르게 은연중에 연습한 결과다. 도둑질을 잘하는 이도 남이 모르게 맹연습을 했기 때문이다.

거드름도 한 번 두 번 피우다 보면 연습이 되어서 자연스럽게 나타난다. 겸손함도 마찬가지다. 남에게 존경을 받는다거나 멸시와 질시를 당하는 것도 은연중에 스스로의 연습의 결과로 봐야 한다.

아기가 태어나면 뒤집기연습, 기는 연습, 일어서는 연습, 걷는 연습이 차례차례로 쌓이고 쌓여서 자유롭게 돌아다니게 된다. 어른이 되기까지는 무수한 연습의 연속이다. 우리는 죽음에 이를 때까지 연습만 한다. 싸우는 연습, 욕하는 연습, 훔치는 연습, 시기, 질투하는 연습, 남을 사랑하는 연습도 한다. 이렇게 많은 연습을 자신도 모르게 하기도 하고 의식적으로 하기도 한다.

우리가 항상 연습하고 있는 것들 속엔 나쁜 것과 좋은 것이 섞여서 공존한다. 연습이 계속되면 완벽한 습관으로 굳어진다. 몸과 마음에 찰싹 달라붙어 좀처럼 떨어지질 않는 그런 존재로 남는다. 우리는 세상에 태어나서 연습만 꾸준히 하다가 어느 날 한 순간에 죽는다.

연습만 하며 살아왔다는 걸 깨닫는 순간은 이미 늦다. 해서, 인생살이 전부가 연습이라고 해야 틀린 말이 아니다. 태어나는 것과 죽는 것

두 가지는 자기 스스로 연습할 수 없다. 부모가 대신 연습해주는 게 태어남이라면 죽는 건 아무도 연습을 대신 해주지 않는다.

인간의 죽음을 어떤 신이 심판하는 게 아니라 자신이 연습해온 대로 결과를 만드는 셈이다. 그래서 죽음은 평생 동안 스스로 연습한 총체적인 결과물이 아닌가 싶다. 연습한 결과를 결정짓는 순간이 죽음이다.

인생은 스스로 연습하고 스스로 심판하는 일이다. 죽음은 마지막 심판이기에. 어떤 심판을 받을까 하는 걱정보다는 어떤 연습을 할까가 더 중요한 일이다. 연습의 하나하나가 심판의 씨앗이기에 연습을 철저히 하면서 살아야하지 않을지.

벚꽃나무가
모진 겨울을 이기는 지혜

많은 사람들의 소리가 겹쳐서 무슨 말인지를 감정해낼 수가 없다. 겹치고 겹친 소리들이 중국어 같기도 하고, 일본어 같기도 하다는 생각이 순간적으로 든다. 어느 나라말인지를 자세히 모를 정도로 말소리가 한데 뒤섞여서 시끄럽기만 하다.

휴게실에는 많은 사람들이 서성이며 혹은 일회용 찻잔을 들고 혹은 앉아서 쉬고 있는 사람들이다. 정말 많이 떠들어댄다는 생각이 새삼스럽게 든다. 떠드는 소리를 건성으로 들을 때는 몰랐는데 유심히 소리에 귀를 기울여 보니 참 복잡하다.

창밖에는 왕벚꽃나무가 하얀 얼굴로 활짝 웃는다. 미풍이 불어오니 하얀 이빨을 드러내고 활짝 웃다가 또 하얀 이빨 하나가 툭 떨어져 내린다. 뒤따라서 또 하얀 이빨들이 주르르 떨어져 내린다. 어김없이 앞서 뛰어 내리는 것과 뒤에 뛰어내리는 게 있다. 무질서 속에 질서를 지키는 셈이다. 사람이 남의 흉내 내기를 좋아하는 것처럼 꽃잎파리도 흉내를 내며 뛰어내린다. 꽃들도 흉내를 내며 사는 모양이다. 도서관 휴게실엔 남녀 학생들이 많다. 내년이나 후 내년에 대학을 향해서 질주하는 젊은 싹들이다. 한참 달리다가 숨이 차서 삼삼오오 앉거나 서서 떠들어대며 스트레스를 풀고 있는 중이다.

저들은 떠들어대는 게 쉬는 것일지 모르겠다. 어쩌면 떠드는 게 말하지 않는 것인지도 모른다. 떠드는 게 침묵인지도 모르겠다. 공부 이야기는 전혀 하지 않는 걸 보니 그런 생각이 자꾸 든다. 학생의 본업인 공부이야기로 떠들어야하는데도 그렇지 않으니 그들은 침묵하고 있는 셈이다. 어떤 학생은 서성이기도 하고 건들거리며 장난을 치기도 한다. 장난을 치며 왕성하게 움직이는 게 그들에겐 쉬는 것이다.

그들도 나처럼 잠시나마 벚꽃나무 소리에 귀를 좀 기울여 봤으면 싶은 생각이 든다. 겨우내 침묵하며 책상에 머리 싸매고 공부한 학생들처럼 벚나무 역시 겨울 동안 공부를 한 셈이다. 어쩌면 모진 추위에 학생들보다 더 공부를 했을지도 모른다. 지금 활짝 피어서 툭툭 떨어져 내리는 저 꽃잎이 어찌 오늘 하루의, 지금의 결실이랴. 한겨울 지나도록 준비하고 공부해온 결과가 아니겠는가. 쉬지 않고 노력한 결실로 지금 온 몸이 하얗게 변해있다. 대학생이 된 이상으로 기쁜 벚꽃나무가 아니겠는가. 보는 이마다 벚꽃나무를 보고 찬탄을 아끼지 않고 감탄을 하니 말이다. 나무들은 겨울엔 죽은 듯이 서 있었다. 아무도 관심을 가져주지 않는 소외된 외로움도 겪어왔다. 혹독한 추위와 싸우면서도 활짝 핀 오늘을 기약하며 공부를 해왔던 벚나무다.

도서관휴게실 학생들처럼 쉬지 않고 공부했던 벚나무다.

'학생들아, 모두 저 벚나무처럼 너희들 인생도 활짝 피워라.'

나는 속으로 학생들을 향해 기도를 한다. 다들 바라는 대로 꽃 피우리라고 기도한다. 벚꽃을 한번 쳐다보고, 또 학생들을 한 번 더 쳐다본다.

'꽃망울 방울방울 맺혀있는 꽃들아 제발 아름답게 잘 피우려무나.'

또 창밖을 바라본다. 벚나무가 나를 보고 온통 하얗게 웃는다. 다시 창밖에서 눈을 떼고 실내 쪽을 다시 본다. 시커먼 옷들을 입은 학생들이다.

'너희들도 저 꽃이 피기까지 모진 겨울 이겨낸 벚나무의 소리를 들어보려무나.'

나는 학생들이 침묵하는 벚나무에게 삶의 지혜를 깨달았으면 좋겠
다는 생각을 혼자서 가다듬어 본다. 학생들은 모두가 자기들 이야기에
취해 벚나무의 소리는 들을 엄두도 못 내는구나….

칭찬보다 더 좋은 칭찬

조선시대의 유학자였던 퇴계退溪 이황李滉이 벼슬자리에서 물러나 쉬고 있을 때. 마을 사람들이 먼 길로 돌아가기 싫어서 이황의 밭을 가로 질러 다녔다. 한 사람 두 사람 그렇게 다니다 보니 어느새 길이 나버렸다. 이황의 하인이 그걸 보고 화가 나서 가시달린 나무를 잔득 짊어지고 와서 밭에 난 길을 꽉 막아버렸다. 나중에 이황이 그것을 알고 왜 그랬느냐고 물었다. 밭을 반 토막 내버려서 곡식을 제대로 해먹지 못하는 일이라고 대답했다.

이황은 종의 말을 찬찬히 듣고 나서 막은 걸 걷어치우라고 명했다. 사람들이 그 이야기를 듣고서 이황을 더욱 존경하고 칭찬을 하며 그 밭길로 계속 다녔다.

이 글을 읽고서 나는 남을 칭찬하기보다는 자신을 먼저 반성하는 사람이 되었으면 좋겠단 생각을 했다. 입에 발린 칭찬보다는 그 밭길로 다시는 다니지 않는 게 더 현명하리라고 본다. 많은 사람들이 자발적으로 그리 못한다면 어느 누가 한 사람이라도 나서서 이황의 깊은 뜻을 진정으로 헤아렸더라면 아쉬운 생각이 들었다.

만약 누군가가 앞장서서 각자가 조금 멀리 돌아서 걷더라도 다시는 밭으로 다니지 말자고 제의했다면 어떻게 되었을까. 칭찬보다는 한 단계 더 나은 칭찬이 되지 않을까. 잘한 일을 앞에 놓고 말로 칭찬만 하는 것보다 따져보고 보다 합리적으로 대처하는 지혜가 필요하지 않을까 싶다. 종에게 가시 울타리를 철거하라고 명한 이황은 훌륭한 인격

자다. 그 훌륭함이 좀 더 돋보이게 하려면 어떻게 해야 할지는 칭찬하는 사람들의 몫이다.

관악산 중턱에 있는 옹달샘에서 청소를 하시는 아주머니 한 분이 계셨다. 작년 가을에 떨어진 가랑잎들이 돌 틈새에 끼어서 썩어가고 있는 중이었다. 꼬챙이로 일일이 파내면서 물을 퍼내서 씻고 있었다.

“아아! 아주머니 참 대단하십니다!”

감탄이 나도 모르게 나왔다.

“뭘요.”

별 거 아니란 투의 대꾸만 되돌아왔다. 칭찬을 해 놓고 나니 좀 멋쩍다. 왜일까. 칭찬을 사양하는 것 때문일까. 함부로 칭찬할 일이 아니란 생각 떠올랐다. 남을 칭찬하기에 앞서 내 자신을 되돌아 봐야한다. 여러 사람에게 청결한 물을 마시게 하는 아주머니의 참 뜻이 어찌 내 입에 발린 칭찬으로 맞설 수 있겠는가. 산을 오르면서 계속 청소하시는 분 생각을 한다.

남의 잘하는 일을 즉석에서 칭찬하는 건 참 좋은 일이다. 칭찬이 말로 헛되게 끝나지 않아야 하는 건 우리가 그 샘물을 잘 관리하는 일이 아니겠는가.

‘뭐 그까짓 것’ 이런 생각을 하는 있을지 모르겠다.

하지만 남보다 분명히 다른 분이다. 대단한 분이란 생각이 자꾸 드는 건 내 자신은 그런 일을 쉽게 할 용기가 없이 때문이다. 가볍게 칭찬만 할 일이 아니라 샘물 청소를 하는 그 진심을 더 살펴줬어야 하는 게 아닐까 싶어서 칭찬이 잘못된 느낌이 자꾸 드는 거였다.

누군가가 잘한 일을 보고 금방 입에서 칭찬부터 나오는 것보다 그 칭찬받을 일에 대해서 곰곰이 따져보고 말을 하는 것이 더 좋을 듯싶다.

칭찬보다 더 좋은 칭찬을 찾아야겠다.

제3의 눈으로 세상 보기

'말을 어렵게 하기는 쉬우나 오히려 쉽게 하기가 더 어렵다.'

이런 운문선사의 일자관은 참으로 의미심상한 말이다.

하루 자체를 '짧은 일생'으로 보고 논한 '날마다 좋은 날(日日是好日)'은 부여된 매일의 짧은 시간을 헛되게 소비하지 말고 잘 활용하라는 의미라고 해석된다. 이도 참으로 의미가 깊은 말이라고 생각된다.

인도 여성들이 두 눈으로는 제1세계와 제2세계를 본다면, 사물의 본질을 볼 수 있다는 '제3의 눈 빈디'는 제3의 중도라는 신세계를 보는 눈이 아닐까? 붓다의 깨달음의 시작은 보는 것에서부터 출발한다. 얼굴에 제3의 눈을 찍어서 사물을, 세상을 명확하게 보라는 의미를 우리는 한 번 쯤 깊이 새겨 봐야할 것 같다.

세상은 언제나 좋은 것과 안 좋은 것으로 공존하고 있다. 기분이 좋다와 안 좋다는 누가 판단하는 건가. 오직 자기 자신일 것이다. 어느 때는 좋게 보이다가도 어느 땐 그 반대로 안 좋게 보이기도 하는 것이 또한 세상사가 아닌가.

인도 여성들이 제3의 눈을 이마에 만들 듯 우리는 눈을 똑바로 떠야한다. 제3의 눈을 가져야 한다는 뜻이다. 그 눈이 바로 마음의 눈이 아니겠는가.

세상을 살다보면 보는 법을 먼저 배워야 한다. 똑바르게 보는 법을 말이다. 같은 사안일지라도 나쁘게 보는 것보다 좋게 보는 법을 배우면 실체보다는 더 좋게 보이게 마련이다. 그러다 보면 별로 좋지 않는 것들도 실제로 좋아지기도 한다. 좋다. 세상에 어디 좋고 나쁨이 정해져 있을까 다 좋은 거지 이렇게 한 번 마음 먹어봄이 어떨까.

아무리 악한 사람이라도 길을 가다가 물에 빠진 사람을 목격하면 먼저 건져줄 생각부터 날 것이라고 생각된다. 곧 숨이 넘어가는 사람을 보고 죽이고 가는 사람은 없으리라고 본다. 좋지 않은 일이 일어났을 때, 좋지 않은 것을 목격할 때 그것을 좋게 보려고 노력해야 하면 어떻게 될까. 좋게 보고 또 좋게 보고, 계속 더 좋게 본다면 어느 사이 보는 내 마음부터 아주 좋아진다. 그러고 나서 그 실체가 사실 좋아지는 쪽으로 따라오게 된다. 흠만 보려고 하지 말고 좋게 변화시켜서 보는 마음가짐이 필요한 것이다.

많은 세상 사람들이 나쁘다고 하는 것 자체도 항상 나쁜 건 아니다. 세상 사람들 거의가 좋다고 하는 것도 항상 다 좋은 건 아닐 수 있다. 좋고 나쁨은 내 마음의 제작물이다. 마음의 변통이다. 마음을 잘 다스리면 세상이 훨씬 나아 보이는 건 외면할 수 없는 사실이 아닌가.

'좋음(+)의 아님'이 반드시 '나쁨'은 아니다.

'나쁨(-)의 아님은 좋음(+)'이다.

'중도'는 '좋음, 즐거움(+)'과 '나쁨, 괴로움(-)'도 아닌 좋음, 즐거움의 행복이다. 좋음과 즐거움과 행복은 제3의 눈, 내 마음의 눈으로 관찰해야 더 좋아진다. 보는 법을 보다 명확히 배워서 행복을 완벽하게 보는 심안을 가진다면 인생이 훨씬 편안하지 않을지.

고양이와 사람

"너희들 이런 이야기 들어봤니?"
"엄마, 뭔 이야기?"

사람이 사는 기와지붕에서 늙은 고양이 엄마가 새끼 세 마리를 거느리고 노닐고 있다. 도심 한가운데지만 다닥다닥 붙어있는 낡은 기와집들이 잇대어 있는 곳이라서 이집 저집 맘대로 건너다니며 고양이들이 살기엔 참 편리한 곳이다. 사람들이 먹다 버리는 음식쓰레기들만 뒤져도 살이 통통하게 찐 삶을 즐기고 있는 고양이들이다. 늙은 엄마 고양이는 이제 막 중 고양이 새끼들에게 인간들이 살아가는 모습을 핀잔 삼아 이야기를 해주고 있는 중이다. 새끼 셋과 엄마와 네 식구다.

"사람이란 동물들은 늙은이를 위해 자리를 비워줘야 된단다. 만약 그렇잖으면 잡아먹을 듯이 노려보며 큰소리를 질러대기도 한대."

고양이 자식들은 왜 인간들이 그러냐고 물어 보지만 엄마는 시원한 대답을 하지 못하고 얼버무리고 만다. 늙은 엄마 고양이는 눈을 지그시 감고 조는 듯 인간에 대해 생각에 잠긴다. 우리 짐승세계에서는 아무리 생각해도 이해가 가지 않기 때문이다. 짐승들은 질서를 강요하지 않아도 다들 잘 지키며 살아가는 데 왜 인간이란 동물은 그러지 못하는지 그 이유를 확실히 알 수가 없어서 자식들에게 이야기를 더 해줄 수가 없는 게 참 딱하다. 인간들이 말하는 윤리란 건 또 왜 있는 걸까. 그런 게 없어도 짐승세계에선 질서가 잘 지켜지는데 말이다. 사람이란 짐승은 이따금씩 우리들을 미련하다고도 말한다지. 개만도 못하다. 앙큼한 고양이 같다. 미련한 닭대가리다. 방정맞은 참새주둥이다. 꼬리 없는 백여우다. 미련한 곰이다. 온갖 험담을 다 해대는 인간이란 동물은 뭐가 잘나서 그런지 알 수가 없다. 어디 우리 짐승들이 인간처럼 윤리교육을 시킨다거나 훈육을 하느냐 말이다. 인간들은 자기네들끼리 뭘 잘못하는 일이 있으면 '인간만도 못한 놈'이라고 해야지 왜 '짐승만도 못한 놈'이라고 하느냔 말이다. 참으로 한심한 것들이 저기 지나가는 사람이란 동물이구나.

"엄마 지금 뭘 그렇게 심각하게 생각하고 있어?"

검은 새끼고양이가 늙은 어미 등을 타고 올라가면서 하는 말에 어미는 잠에서 깨어나듯 깜짝 제정신이 든다. 고개를 좌우로 흔들어 대니 수염이 쭈뼛 날이 선다.

"우리 짐승과 인간이란 동물이 어떤 차이를 지니고 있는지 아느냐니들. 우리는 질서를 지키지 않는다고 다툰 적이 있니. 우리 짐승들이 인간보다 얼마나 월등한 생각을 가지고, 또 얼마나 질서를 잘 지키며 사는지는 니들이 지금까지 봐서 더 잘 알지."
"에이 엄마도 참 그런 걸 가지고 뭘 대단하다고 그냥 우리는 그렇게 하는 건데."
"아냐 니들이 생각할 때는 하찮은 일 같지만 저기 인간이란 동물세계에선 아주 심각한 문제란다. 위아래를 지키는 문제도 교육을 받아

야 하고 질서를 지키는 일도 태어나서 죽을 때까지 배워야 한다고 야
단이야."
"인간이란 동물들은 참 미련한가 봐 엄마 그치."
"그래그래 니들도 인간으로 태어나지 않은 게 정말 다행이다."
"왜요?"
"니들이 인간이란 동물로 태어났다면 이 엄마 속을 얼마나 썩이겠
니."
"그건 그래. 엄마 나도 그 정도는 짐작한다고."

고양이 네 마리는 따뜻한 햇볕이 내려쬐는 지붕에서 연달아 하품을
하면서 졸기 시작한다. 인간이란 동물 이야기가 이젠 더 이상 재미가
없는 모양이다. 고양이나 여타 짐승세계에선 얘깃거리도 되지 않는 일
인가 보다. 어쩌다가 늙은 엄마고양이가 인간에 대한 이야기를 꺼내긴
했지만 말하는 엄마나 듣는 새끼들에겐 너무 싱거운 이야기여서 말도
안 된다고 생각하는 모양이다.

나는 옥상에 올라가서 이웃집 기와지붕에서 졸고 있는 네 마리 고
양이를 바라보면서 방금 전에 전철 안에서 자리 비키지 않는다고 얼
굴 붉히며 큰 소리를 쳐대던 남자 노인의 모습이 자꾸 떠오른다. 고양
이를 보니까 들리지도 않는 이야기를 계속 상상의 소리로 듣다가 나
역시 고양이들처럼 싱거워서 그만 두고 계단을 내려온다.
'고양이와 사람 중에 어느 쪽이 더 현명할까?'
또 쓸데없는 생각이 자꾸 떠오른다. 역시 고양이만큼도 못한 내가
아닌가 싶은 생각이 꼬리에 꼬리를 물고 딸려 나온다.

신의 하소연

　나는 일을 할 땐 상상하기 힘들 무거운 노동을 한다. 나의 몸무게에 비하면 몇 백 몇 천배나 무거운 짐을 짊어지고 낑낑대며 일을 한다. 그래도 불평 없이 묵묵히 내가 할 일을 해낸다. 하지만 내가 해야 할 일을 끝내고 놀 때는 어느 누구도 내게 관심을 가져주지 않는다. 심지어 중노동을 해준 주인도 나를 아는 체도 않는다. 관심을 별로 두지 않아서 섭섭하다. 일을 하지 않을 때는 무척 외롭게 지낸다. 또한 내가 쉬고 있는 곳도 남들이 상상하기 힘들 정도로 천한 자리다.

　내 주인은 나를 힘들게 노역을 시키면서도 너무 대접이 소홀하다. 엄청난 중노동을 해주면서도 천하게 대접 받으며 존재하는 내 이름은 신이 아니라 신발이다. 사람들은 나를 그냥 신이라고 하면 될 것을 꼭 신발이라고 불러준다. 그런 이름을 듣는 나도 별 달갑잖은 이름이라고 간주한다.

　'신발을 벗고 올라가시오.' '신발은 책임지지 않으니 각자가 알아서 하십시오.'

　분비는 음식점 같은 데를 가면 낯설지 않게 보는 문구다. 그럴 땐 나는 또 그런 생각을 한다.

　'신만 책임져 주면 될 텐데 뭐 발까지 들먹거려!'

　신은 발이 없으면 아무런 쓸모가 없어서 그냥 신발이라고 할까. 사람들이 끼고 다니는 안경이나 옷도 마찬가지다. 눈안경이라고 하거나 몸옷이라고 하지도 않는데 꼭 나만 신에다 발을 붙여서 부르는 이유를 난 알 수 없다. 신발을 벗고 올라가라면 발의 가죽을 벗겨서 신발과 함께 두고 올라가란 말인가. 이런 상상이 자꾸 따라 오르는 걸 어쩌랴.

신인 내가 지금 너무 상상의 비약을 하는 걸까. 암튼 나는 이렇게 엄청난 일을 하면서도 푸대접 받으며 사는 존재다. 나와 제일 가까운 친구인 양말은 그래도 나보다 낫다. 매일 일만 끝나면 목욕을 깨끗이 시켜서 좋은 서랍장에 고이 쉬게 한다. 내가 생각기엔 양말보다 내가 주인을 위해서 더 소중한 일을 하는데도 이렇게 천박하게 대하는 건 참 불공평한 일이다.

사람들에게 옷장에나 방안에서 쉬게 해달라고는 하지 않겠다. 제발 그냥 신이라고만 불러줬으면 좋겠다. 발은 내게 고생을 시키고 나는 그 고생을 달게 받는데도 왜 하필 발과 묶어서 이름을 부르는지 도통 모르겠다.

신주인님, 제발 제 이름을 그냥 '신'이라고만 불러 주세요. 그러기가 정 싫다면 몸그릇이라고 불러주든지….

그물 짜는 참새

탱자나무 울타리에 참새 떼가 지저귄다. 꽤나 요란하다. 뭘 하면서 저렇게도 요란할까 싶어 슬금슬금 다가가서 자세히 살펴본다. 참새들은 탱자나무 가시쯤이야 아랑곳없는 지 이 가지 저가지 조그마한 공간을 끼어 다니며 떠들어 댄다. 마치 숨바꼭질을 하는 것 같다. 아니다 지금 참새들은 이리저리 끼어 다니는 게 아니고 그물을 짜고 있는 중이다. 그물을 열심히 짜고 있다. 그러다가 자기가 짠 그물에 걸리지나 않을까 싶어 나는 조바심을 내며 한참 동안 멍하니 바라보고만 있었다.

골똘히 생각해 보니 참새만 그물을 짜는 게 아니라 나도 매일 그물을 짜는 게 아닌가 싶기도 하다. 시간 속을 이리 끼어 다니고 저리 기어 다니며 바쁘게 사는 모습이 꼭 저 참새들과 같다는 생각을 떨칠 수가 없다.

매일 바쁘게 그물을 짜다가 종내에는 그물에 걸려서 내 인생은 끝날 것이다. 또 내가 평생토록 열심히 짜대는 그물은 결국 나를 철저히 얽어맬 것이다. 내게 배당받은 세월이나 시간들도 그물로 얽어맨다. 나와 가까이 알고 지내는 사람들과도 철저하게 그물로 얽어매면서 살고 있는 셈이다. 돈도 시간도 인생도 젊음도 나의 나이도 모두 그물처럼 얽어맨다.

나는 이렇게 그물만 짜다가 내가 짜 놓은 그물에 인생살이 모두가 걸려서 옴짝달싹할 수가 없게 하다가 그만 모든 것을 허비하고 말지도 모르겠다. 나는 지금까지 그렇게 허비해 온 것이다. 내가 짠 그물에 지금까지 걸려서 시달려 왔다는 건 부인할 수 없는 일이다. 벗어날 수 없는 실체가 아닌가. 나는 내가 짠 그물에 내 모든 것이 걸려서 허탈하다는 생각마저 든다.

참새들은 용케도 자기가 짠 그물에 걸리지 않고 잘들 돌아다닌다. 훨훨 하늘을 나르고 자유롭게 살고 있건만 나는 어찌하여 내가 짠 그물 밖을 벗어나지 못하는 걸까. 어떻게 하면 내가 짜는 그물에 내가 걸리지 않고 좀 더 자유롭게 살 수 있는 방법은 없을까. 참새들의 그물 짜는 놀이를 보면서 한동안 나는 탱자나무 곁을 떠날 수가 없어서 오랫동안 서 있다.

그렇다! 나를 얽어매는 모든 그물은 바로 내가 짜 놓은 그물 이외엔 아무것도 없다.

벗어나서 살아보자. 모든 그물코를 훨훨 털어버리고 살아 보자. 곰곰 생각하면서 쨱쨱거리는 참새 소리를 뒤로 한 채 탱자나무 곁을 떠난다. 무언가 깨달음이 있을 것 같으면서도 잡히질 않는다.

이 순간 내 눈엔 공허한 허공만 보일 뿐이다. 그물들 밖에 것은 보이질 않는다. 나를 가두고 있는 내가 짜 놓은 그물을 벗어나야겠다. 이 것이 내가 나를 사는 방법이 아닐까!

등수 매기기

런던 올림픽을 텔레비전으로 관전하고 있으려니 등수란 게 새삼스럽게 강하게 다가온다. 인생살이엔 등수를 매길 일이 참으로 많다는 생각이 새삼 강하게 든다.

학교를 다닐 때부터 그 등수란 녀석은 아주 끈질기게 따라 붙는다. 학교를 다니다 보면 일등도 하고 이등 삼등도 할 수 있을 것이다. 삼등에서 일등으로 뛰어오르고 나면 처음엔 좋지만 오래 지나면 큰 의미를 느끼지 못하거나 즐거움의 감동도 식어버리게 된다. 이 등이나 일등을 해야겠다는 각오는 단단하기에 오래 남기도 한다.

돈을 일등으로 많이 벌면 어떻게 될까. 주위를 살펴보면 돈이 많은 사람보다 적은 사람이 더 만족해하는 경우가 더 많다. 가난한 사람에겐 적은 액수의 돈이라도 감격스럽고 흐뭇하고 만족을 쉽게 느낀다. 돈이 아주 많은 부자에겐 여간 많은 돈이 생겨서는 흡족함을 쉽게 느끼지 못한다.

그저 굶지 않고 살만하면 좋겠다고 생각하는 이도 많다. 남에게 꾸러 가지나 않을 정도로 살았으면 원이 없겠다는 어떤 할머니의 이야기도 전철 안에서 들었었다. 우리 식구 평생 먹고 살만큼만 살았으면 여한이 없겠다는 그런 표정으로 이야기하는 할머니를 보면서 큰 부자는 아니구나, 평생 큰 부자로 살기는 힘들겠구나, 부질없는 생각을 해 본다.

아직도 배고프다. 아직 멀었다. 만족이나 흡족은 내 사전엔 없다. 더 많은 돈을 벌어야 돼.

이런 말들은 돈 많은 이들의 부족함이다. 세상에 일등과 꼴찌의 생각은 왜 이렇게 다를까. 일등을 하든지 꼴등을 하든지 그냥 충실하게 사는 방법은 없을까.

'내 사전엔 등수란 없다' 이렇게 살았으면 참 좋겠다. 아마, 지금 생각 같아서는 그렇게 살아갈 자신이 있는데 어디 복권 같은 돈벼락을 갑자기 맞는다면 또 달라질지 내 마음 나도 확실히 모르겠단 생각도 든다.

'등수' 참 묘한 녀석이다. 이런 생각을 하면서 일 등을 한 선수에게 쏟아지는 함성에 내 시선이 쏠린다. 아무리 생각하고 또 따져 봐도 내겐 일 등이란 없을 것 같다. 아니 이 등이나 삼 등도 마찬가지다.

그래서 나도 만족하고 행복한 삶을 유지하며 살 것 같다. 제발 내 인생엔 일 등이 찾아와서 내 맘을 흔들리지 말았으면 좋겠다. 텔레비전을 끄면서 언감생심 감히 일 등을 함부로 비난한 것 같아 쑥스럽다. 일 등도 이 등도 삼 등도 꼴찌도 나름대로 인생의 참뜻을 음미하며 산다면 한사코 등수를 매길 일이 뭐가 있을까 그냥 이대로 행복한 마음 가득한 걸!

날마다 새롭게

날마다 보는 일, 늘 들었던 것들이라서 당연하고 마땅하다고 여기는 일들이 세상에는 참 많은 것 같다. 어쩌면 세상에 많이 있는 게 아니라 사람이 그것을 그렇게 볼 뿐인지도 모르겠다. 혹은 잘못 보았거나 다르게 본 결과인 것 같기도 하다.

날마다 보고 들었던 것들이 당연하게 있지도 않는데도 사람의 생각의 눈이 그렇게 보고 마땅하다고 생각할 따름이지 당연하고 마땅한 것이 절대로 아닐 수 있다. 세상을 거꾸로 한 번 보면 어떨까. 세상은 낯설게 보거나 어색하게 보는 것이 좋을 듯싶다. 또한 중요한 일이다. 삼라만상은 그대로 있는 것도 아니다. 그대로 있다고 생각하며 보는 눈이 잘못 된 것이다. 삼라만상은 한 순간도 쉼 없이 변하고 있는 진행형이다. 나도 지금 많이 변하고 있다. 익숙하다거나 타성에 젖은 눈이 변하는 걸 느끼지 못하게 만들기에 눈치 채지 못할 뿐이다.

왜곡이나 곡해를 만들어 내는 것도 사람의 눈이다. 변해 가고 있는 걸 바라보면서도 변하지 않는다고 생각하는 마음눈도 일종의 병이다.

세상에 어디 변하지 않는 게 하나나 있겠는가. 나의 생각과 마음도 친구의 마음도 연인의 마음도 수시로 변하고 있는 데도 변하지 않을 것이라고 굳게 믿고 있는 게 마음을 아프게 하기도 한다. 변하지 않는다는 생각은 사람을 후퇴하게 만든다. 또 너무 안주에 머물게 한다.

끊임없이 사물에게나 세상사에나 사람들에게 질문을 해보는 게 좋다. 또한 어떤 사물이나 일을 대조시켜보고 일부러 의심을 가져보는 것도 좋다. 정답은 하나지만 질문은 여러 개다. 여러 개의 질문을 하면 여러 개의 답을 창출해낼 수 있다. 본래 하나인 답을 여러 개로 만들 수 있다.

세상은 고정되어 있지 않은데 인간의 눈과 마음은 항상 고정되게 보려는 본성이 있기에 고정관념을 버리지 못한다. 고정된 사고는 익숙한 쪽으로만 자꾸 기울어지게 된다. 연후엔 보수적이 되고 진보를 두려워하게 된다.

익숙한 습관의 눈으로는 천동설을 주장한 코페르니쿠스나 갈릴레이 갈릴레이처럼 진보적으로 새로운 눈을 뜨기가 힘들어진다. 뉴턴이나 아인슈타인처럼 늘 새롭게 보는 자에겐 늘 새로운 세상이 눈앞에 나타나서 기다리게 된다.

전동차 의자에 앉는다. 앞에 앉은 사람이 여자다. 뭘 보고 나는 여자라고 결론을 내리는가. 머리 모양을 본다. 손톱 매니큐어를 본다. 볼록 틔어 나온 앞가슴도 보고 그냥 여자라고 판단해 버린다. 자세히 보니 남자처럼 손은 크다. 덩치도 크다. 혹시 남자가 여장을 한 것이 아닌지. 완벽하게 여장을 하면 사람들은 여자로 본다.

내 옆에 앉은 남자는 속마음도 남자일까. 혹 마음은 여자일까. 남자다운 여자일까. 여자다운 남자일까. 마음이 남자처럼 대범한 여자도 여자처럼 소심한 남자도 있다. 어떤 것이 남자인가. 성의 구분인 몸으로만 단순하게 여자와 남자로 완벽하게 구분할 수는 있는 걸까.

곰곰 생각해보지만 좁은 내 식견으론 확실한 결론을 내릴 수가 없다. 얼룩말을 보면서 흑인들은 까만 바탕에 흰줄이라고 말한다고 한다. 반면에 백인들은 흰 바탕에 까만 줄이라고 생각한다. 어떤 시각에서 어떻게 보든 얼룩말이란 자체는 변함이 없다. 어떠한 시선으로 보느냐에 따라서 사물은 다르게 보이지만 그 본질은 그대로다.

우리는 날마다 무언가를 행한다. 생각과 말과 행동이 모이고 쌓여

긴 시간 속에서 의미와 상징이 형성된다. 문화는 그렇게 만들어지지만 일단 문화가 자리를 잡으면 생각과 말과 행동이 거꾸로 문화라는 틀을 통해 해석되고 평가되기도 한다.

21세기는 문화의 세기라고 한다. 창의적이며 건강한 문화를 누리고 만들어야 하는 건 우리 삶의 의무이다. 문화의 주체가 되지 않으면 문화를 생산하지 못한다. 사물을 보고 그것이 무엇이라고 단순하게 지적할 수는 없는 일이다. 문화에도 이런 유형이 많이 존재한다.

우리는 무엇을 어떻게 보고 어떻게 듣고 어떻게 행해야 할까를 깊이 또 깊이 생각하면서 살아야 한다. 삶은 자기의 내면에서 창조하는 거니까.

중간쯤

"아이구! 내가 속 터져! 가만히 있으면 중간이라도 가지."

느닷없이 질러대는 목소리가 온 커피숍 안으로 물대포를 쏘아대는 것처럼 확 퍼져나간다. 깜짝 놀라 돌아보니 아주머니 한 분이 핸드폰에다 대고 질러대는 소리다. 호기심 많은 나는 또 자동으로 이 생각 저 생각들로 좌판을 벌려본다.

'가만히 있으면 발전하는 것일까?'

'가만히 있으면 퇴보하는 걸까?'

사안에 따라 다르기에 일도양단으로 결론을 낼 일이 아니다. 내가 내게 하는 질문이 참 애매모호하다 싶어 쓴웃음이 절로 나온다.

뒤 테이블의 성난 목소리가 어느 쪽이 옳은 것인지 알 수가 없다. 이럴 때를 일러 내 나라말을 내 나라 사람이 해석하기가 참 어렵단 생각까지 든다.

대부분의 나이가 지긋한 이들은 앞서는 것도, 뒤 처지는 것도 좋아하지 않고 중간쯤을 선호하는 경우가 많다. 핸드폰에 대고 쏘아대는 아주머니의 말대로 가만히 있으면 진짜로 중간쯤은 가는 걸까. 앞뒤에 끌리고 떠밀려서 가는 게 중간일까. 앞서려면 남보다 더 부지런히 움직여 가야한다. 이 눈치 저 눈치 살펴가며 말도 하지 말고 가만히 있으라는 뜻인가 싶다.

음식은 일정한 시간이 지나면 부패한다. 반면에 부패하지 않고 반대로 되살아나는 경우도 있다. 적당한 중간쯤의 시간이 흘러감으로 해서 발효되면 살아나는 음식이 된다. 사람도 시간이 흘러 나이가 많아가면서 퇴화되는 이도 있고 발효가 되어서 부패하지 않고 되살아나는 경우도 있다. 나서지도 않고 물러나지도 않고 중간쯤에 가만히 있는 사람도 퇴화되는 경우도 있고 발효가 되어서 다른 모습으로 발전하는 경우도 있다. 같은 시간이 흐르는데도 변화되는 것은 여러 가지로 나타나는 것이 또한 인간이다. 발효되는 인간은 향상이라고 할 수 있겠다.

부패는 썩는 방향으로 흘러가고 발효는 생명을 다시 창조하는 쪽으로 이동한다. 다 같이 시간이 흘러가는 선상에서 같이 서 있는 사람일지라도 이렇게 현격하게 차이가 난다.

뒤 테이블 아주머니의 대화는 나서서 손해를 보거나 잘못 걸려들어서 망신을 당한 지경에 이른 모양이다. '가만히 있으면 중간이라도 가지' 참 좋은 말일 수도 있겠다. 중간쯤 가면 참 좋다고 생각한 모양이다. 앞에 가다가 다치거나 뒤처지다가 낙오되는 것을 염려해서 화난 목소리로 전화를 한 모양이다. 아마 남편이거나 자식의 전화를 받고 그렇게 화를 내고 고함을 지른 모양이다. 지금 뒤 테이블의 아주머니는 치밀어 오른 화기가 어느 정도 꺼졌는지 중간 정도의 목소리로 떠들어댄다.

진짜 가만히 있으면 중간쯤은 가는 걸까. 곰곰 생각해 보니 참 맞는 말일 거란 생각이 들게 하는 건 내가 지금까지 촐싹거리고 살아왔지만 중간도 못되는 인생결산이 아닌가 싶어 그런 생각이 자꾸 든다.

이제부터 매사에 중간 자리를 택하며 한 번 살아 봐야겠다.

'중간쯤'이라면 힘도 덜 들 것 같아서 여생이 더 홀가분해질까 싶어 하는 말이다.

저자소개

경력 및 자격증

-물리치료사 면허 취득

-사회복지사 1급 자격증 취득

-교원자격증 취득

-국제포교사 자격 취득

-대한민국 합기도 협회(공인 5단)

-종로1, 2가동 새마을문고위원 역임

-한국연예정보신문 연예부 차장 역임

-자람 유치원 이사장

-㈜슈퍼푸드뱅크 상임고문

-법 신문 사회부장 역임

-월간 문예비전 기획실장 역임

-극단 '기역' 대표

-기업체 경영 및 인사 자문역

-연예정보신문 '연극, 영화, 문화 평론' (2년 연재)

-일간스포츠 '김승길의 3분 관상학' (8개월 연재)

-주간 경향 '인상학적 처세작전' (2년 연재)

-WIN WIN 월간지 꿈 연재 (8년 연재)/김승길의 관상학 연재

-법 신문 (법의 뒤안길: 콩트 '법의 모순' 매주 연재)

-스포츠조선 매 월요일 '꿈과 복권' 연재

-법 신문 '자기연출 기법' 연재. 기타신문 문화칼럼 다수

-Good buy 잡지 '금주의 운세' 연재

-www.helloluck.com(꿈풀이 상담 및 복권투자 길일 연재)

-www.hilotto.co.kr(금주의 운세 및 복권 길일)

-로또복권 행운숫자, 띠별 행운숫자 연재.

김
승
길

라디오 및 텔레비전 출연

'11시에 만납시다' MBC 아침마당/ KBS 인간가족 '휘파람을 부세요' / 생방송 '전국은 지금' / 생중계 '아침의 창' / SBS TV '열려라 웃음천국' (쇼프로)/ SBS '신바람 스튜디오' / KBS '특종비디오 저널' /KBS 사회교육방송 황필호 교수와의 인생 상담 게스트로 출연/ SBS 라디오 '성공시대' / '한밤에 만난 사람' / KBS 라디오 '성형외과 찬반토론' / 사회교육방송 '인생성공담 소개' / 현대케이블 방송 '웃음의 미학' '여자들의 립스틱에 관해' / MBC '탈출 IMF' 등 다수 출연.

출강경력 약술

-MBC 아카데미 메이크업 반 출강
-SBS 아카데미 메이크업 반 출강
-SBS 신바람스튜디오출강: '김승길의 인생캠페인' '남편을 알면 집안이 행복하다'
-조흥은행 상계동지점 명사초대 강연: '차별화전략'
-제일은행 본점: '고객관리를 위한 인상연구 및 인맥관리'
-선경증권 본점: '고객의 마음을 사로잡는 기법'
-제일은행 돈화문지점: '차별화 전략'
-제일은행 의정부지점: '고객관리기법'
-하나은행 본점: '인상연구로 고객 다루기' (관상학)
-조흥은행 상계북지점 명사 초청 특강 '고객의 마음 읽기'

-제일은행 논현동 지점: '자신의 극대화 전략'

-서울시립남부노인종합복지관: '노인 재교육과 갈등 해소' (3년 수요일 정기출강)

-영세교회 경로대학: '21세기에 적응할 노인사고의 재정립'

-인덕원 노인대학: '노인의 새 시대의 가치관 정립' (3년간 매 화요일 정기출강)

-농협중앙회 연수원 고급관리자 향상과정 '자기 상품은 자신이 만들어라'

-정치지망생 모임: '차별화전략으로 자기상품 개발하기'

-상인조합: '고객의 마음 읽기'

-21세기 모임: '조직과 인맥활용의 전략'

-세일즈맨 친목모임: '사람보기와 나 보여주기'

-도봉 여자중학교 특강: '청소년들의 연극을 통한 자아정립'

-파주여자종합고등학교 특강: '청소년들의 사회적 역할과 미래'

-남대문연세악세사리 상인회 '신사고로 경영혁신 전략과 고객 다루는 기법'

-구립 은평노인복지관 출강 '고정관념 타파와 갈등 없는 사회적응의 정신자세'

-해 뜨는집 간병인회 '유머로 무장한 대인관계 전략'

-희망의 집(노숙자 재활센터) '정신력 강화로 자아개발'

-호암마을 치매노인센터 간병사 보수교육 '전문인으로써 직장생활 극대화 전략'

-주식회사 생그린 중앙지사 '고정관념을 깨고 차별화 전략으로 고객 다루기'

-자람 유치원 학부모 특강 '자녀 차별화 교육에 대한 부모 역할'

-신세계유통 연수원(과장연수) '물고기를 잡으려면 산으로 가라' (고정관념파괴)

-기타 각종 모임에 출강: '인성계발 및 조직관리' '인간경영' 등 출강 중

마음
다이어트 ▶▶▶